尾道
神様の隠れ家レストラン
失くした思い出、料理で見つけます

瀬橋ゆか Sehashi Yuka

アルファポリス文庫

https://www.alphapolis.co.jp/

尾道は猫の道、海の見える街。
猫の導《みちび》きに従って、坂道を上り、とある神社へ足を踏み込むと。
黄昏時《たそがれどき》に、不思議なレストランを見つけることがあるそうな。

フシギもフシギ、なぜなら店には、
メニュー表もないのだから。

唯一のメニューは【魔法のメニュー】。
「大事な思い出」を探す者は、
そのメニューで「探しもの」を思い出す。

その店の名は、『招き猫』。
なんでも、昔神様と契約した一族の末裔《まつえい》が、
おわすレストランなのだとか。

第一章　レストラン「招き猫」

『――逢魔時《おうまがとき》には気を付けて。攫《さら》われていって、しまわないように』

どこかで、誰かの声がした。

あれは誰だったろう。

遠い遠い、昔の記憶。薄桃色の桜が舞い落ちる風の中で、私は確かにそう言われたのだ。

思い出すには遠すぎて。その声に耳を澄まそうとすればするほど、風景は曖昧《あいまい》になっていく。

『いつかまた、ここで待ってる』

それは遠い遠い、昔の約束――。

頭のすぐ近くで、電子音の目覚ましが鳴り響いた。

私は寝起きの重たいまぶたをこすり、アラーム音の源《みなもと》に目を凝《こ》らしてそちらに手を伸ばす。

「わ、いつの間にかもう十七時……」

スマホの画面から漏れ出る光が目に染みる。引っ越したばかりのとっ散らかったアパートの一室で、私は身を起こした。

「尾道も久しぶりだし、散策してみようかな」

四月から入学する大学のパンフレットや、新生活のために揃えた道具。それらの整理もそこそこに、私は伸びをして立ち上がる。

朝からずっと根詰《こんつ》めて荷ほどきをしていたから、気分転換だって大事だ。

ちらりと時計を見ると、十七時十五分だった。

もうこの時間は、『黄昏時』だ。おばあちゃんはよく言っていた。

――彩梅《あやめ》、よう覚えとき。黄昏時には、一人で出歩かん方がええ。特に、気分が落ち込んどる時はのう。

黄昏時。江戸時代まで使われていた十二時辰《じしん》では「酉《とり》の刻《こく》」に当たるという。

段々と夜の闇が出てくる時間帯だから、昔は通り過ぎる相手の顔を判別することができなかった。

だから、通り過ぎていった人に「誰《た》そ彼《かれ》」――あなたは誰ですか、と尋《たず》ねていたことから変形して、「黄昏」という言葉になった。確かそうだったなとぼんやり思い出す。

全部全部、おばあちゃんが教えてくれた。

――大丈夫だよおばあちゃん。

落ち込んでなんていられない。私はここから頑張っていくと、そう決めたのだから。

頭から被るだけでそれなりに着映えする、便利なカーキ色の春物のワンピース。そして黒い薄手のカーディガン。近くにあったそれらを手に取り、のそのそと着替えた私は、アパートのエントランスを抜けて外に出た。

尾道猫の道、海の見える街。

ここは、瀬戸内の穏やかな海と坂の街だ。

石畳の坂と大ぶりの階段に、そこかしこに立ち並ぶ歴史ある日本家屋。ちょうどいい細さの道が、どこか、訪れた人々を隠れ家へといざなってくれるかのような——そんな光景が有名な、ノスタルジックな香り漂う海沿いの街。

胸にこみ上げてくるときめきを抑えられず、うきうきと歩を進めながら、私は顔を空の方へ向けた。つい最近までいた東京とは違ってどこまでも見通せる、広く青い空だ。

——ピー、ヒョロロロロ……。

「あ、トンビ」

ゆっくりと輪を描きながら、悠々と空を浮遊する大きな鳥。それがちょうど私の上に、三羽ほどもいる。

今までの経験からくる悪い予感を振り払うように、私は歩く速度を少し上げた。

早歩きで向かうのは、JR山陽本線と並行して東西に伸びている、商店街の方角だ。あそこはアーケード街だから、一度入ればトンビを警戒しなくていい。鳥に『落とし物』をされることも、食べ物を持っていると思われて襲われることも、頭上すれすれに飛ばれて恐怖することもない。完璧《かんぺき》な安全地帯だ。

「はー、やっと着いた！」

たどり着いた尾道本通り商店街の落ち着いた雰囲気に、私はほっと胸を撫でおろした。

ここは昔ながらのレトロで昭和らしいお店に交じって、尾道オリジナルの商品を扱うお洒落《しゃれ》な雑貨店やカフェもある。

どこか懐かしい空気の漂う商店街を、私は思い出を辿るように歩いていく。

周りを見渡しながら歩を進めていた私が、足元で何かがうろうろしているのに気付いたのは、十分ほど経ってからのことだった。

「うにゃあ」

足元をかわいらしい鳴き声がかすめる。声の主は、毛並みの良い一匹の白猫だった。ふさふさの尻尾をぴんと立てて、こちらを窺《うかが》うような目でじっと私を見上げている。

早速会えた、と私は思わず頬を緩めた。

尾道は猫の街でもある。ちょっとしたところに、のんびりと思い思いの時間を過ごす猫の姿を拝むことができるのだ。

私が猫に向かって身を屈めると、白猫はひょいっと頭を巡らして踵《きびす》を返し、すたすたと歩き出した。

　アーケードから脇道へと歩を進めたその猫は、一度ぴたりと止まってこちらを振り返り、もう一度「にゃあ」と鳴く。物語の読みすぎかもしれないけれど、まるで私に「着いてこい」と言っているかのように。

　時間もたっぷりあるし、猫の後についていきながら散歩するのもいいかもしれない。そう思った私は、再び歩きだした猫の後をゆっくりと追った。

　さらに細い脇道に入り、しばらく進む。すると、とてとてと歩いていた白猫は、ある角を曲がった途端俊敏《しゅんびん》な動きで走りだした。

　思わず追いかけて角を曲がると、細い路地のようになっているそこには誰もいなかった──歩いている人は。

「……うう」

　地面の方から人の気配と低いうめき声を感じ、私は恐る恐るそちらに視線を向ける。

　そして、私はその場に固まった。

　人だ。人が倒れている。

　道の途中で、一人の若い男の人が目をつぶって座り込んでいた。顔はよく見えないけれど、春物の紺色のジャケットに細身のジーンズという服装も手伝って、大学生っぽい雰囲気が漂っている。

ついでに、先ほど私の前を歩いていた猫が、その男の人の隣にちょこんと前足を揃えて座っていた。さも「この人を助けろ」と言わんばかりの姿勢だ。

「ええと、どうしよう一一〇番⁉　いや、救急車なら一一九番……だっけ⁉」

スマホを急いで取り出し、わたわたと電話のアプリを立ち上げる。震える手で電話をかけようとしていると、ぐっと右腕に重みを感じた。

男の人が、私の腕を掴んだのだ。

「いら、ない」

茶色い前髪の隙間からこちらを見上げ、ゆっくりとその人は頭を振った。

「え、でもあの」

「休めば大丈夫だから。家もすぐそこだから、歩いて帰れる」

壁に片手をつき、彼はふらりと立ち上がった。その様子を、先ほどの猫がどこか不安げに眺めている。

なすすべもなく棒立ちになって固まる私の前で、彼がのろのろと歩き始める。彼の向かう先に目を遣《や》った私は、微《かす》かに聞こえてくる車のエンジン音に顔を上げた。

その音が響いてくる方へ、彼は歩いていく。あともう少しで、道路に出てしまう。

「えっ、あの……手伝います！」

間違いない。この人が行こうとしているのは千光寺の方だ。尾道一有名なそのお寺へ商店街から向かうと、真っ先に車通りの多い国道二号線にぶち当たる。

全く知らない人だけれど、この状況で一人のまま行かせる訳にはいかない。

「すみません、失礼します」

一応そう断ってから、ふらふらと足元がおぼつかない様子で歩く彼の肩を下から支え、私は足に力を込めた。

あれ、意外と軽いなこの人。

その軽さに驚いていると、耳元でうめき声がした。よく聞こえない。

私は彼を支えながら、聞こえるように声を張った。

「方面はこっちでいいんですか？」

「……うん、そのまま国道渡った、坂の方……」

観念したのか、彼は素直に道を指し示す。その方向に向かって、私たちは歩いていく。

先ほどの猫は、いつの間にかどこかへ行ってしまっていた。

国道へ出ると、ありがたいことにすぐ近くに横断歩道があった。私は彼を支えながらそこを渡り、『坂の方』へと顔を向ける。

小さい階段を上ったすぐそこには、踏切がある。その奥へ奥へと連なるのは、坂と階段の街。山の斜面に沿って由緒ある寺社や民家が建ち並び、独特の景観を形成している。

よく観光ガイドブックにも掲載される有名な尾道の景色が、そこには広がっていた。

国道を背に踏切を渡る。坂を上り始めてすぐに、背後から電車の通り過ぎる音がした。

「……本当にお人好しだね。放っておけばいいのに」

「いやいやいや、国道もあるし踏切もあったじゃないですか。放っておけないです」

こんなふらふらした足取りの人を黙って行かせて、事故にでも遭《あ》ったりしたら目覚めが悪いじゃないか。

そう一人頭の中でぼやきながら、私は彼の横顔を見上げる。身長一六三センチの私より、頭一つ分くらい背が高い。

……あれ？　必死すぎて気付かなかったけど、これって俗に言う、イケメンってやつなのでは……。

不謹慎にもつい、そう思ってしまった。

ぱっちりとした二重《ふたえ》の目に、横顔のシルエットにも印象を残すほど長い睫毛《まつげ》。顔を構成するパーツも形よく小顔の中に収まっていて、美点しか見当たらない。さらさらとしたブラウンの髪の毛には、天使の輪っかが見えた。私の髪よりもキューティクルがある。

「あの、何か」

「いえ何でも」

私が見つめすぎたせいか、彼が怪訝そうな声で問いかけてくる。しまったと冷や汗をかきながら視線をぐるりと前に戻し、私は歩くのに専念することにした。

邪《よこしま》な煩悩《ぼんのう》よ、消え去るがいい。そう念仏のように頭の中でひたすら唱えて数分後。

「相変わらず、きっつい……」

煩悩はすぐに消え去った。尾道の坂や階段は、傾斜も大きい。いくら軽くても、男の人を支えながら歩くには少々骨が折れる。

春とはいえど、まだ三月。少しひんやりした気候なのに、今の私はうっすらと汗をかいていた。

それに、尾道の急な坂道を歩いていると、昔のことを思い出すのだ。

子供の頃からインドア派だった私。体力がなかったせいで、坂を上るといつも息を切らしていたっけ。

私はぼんやりと、回りの景色を眺めつつ進む。どうやら神社仏閣が多い辺りに入ったらしい。先ほどから由緒正しそうな建築物がちらほらと目に入る。

「ここ入って奥のとこ……」

ふと隣から道順を示す声が聞こえて、私は彼の指さした方を向く。そして、思わず目を見開いた。

年季が入りつつも、かえってそれが趣《おもむき》を醸《かも》し出《だ》している朱色の鳥居と、左右に青々と茂る木々。

『青宝神社』。

鳥居から数メートル離れた石碑《せきひ》には、そう名前が書いてある。

「え、神社ですか……？」

確かについさっき、この辺は古い神社仏閣が多いとは思ったけれど、まさか目的地がそこだったとは。

「神社の中にレストランがあって、そこに家族がいるんだ。ありがとう、ここまで来たら大丈夫」

弱々しく青年が呟《つぶや》いた、その時。

「翡翠《ひすい》くんじゃないですか！　お帰りなさい」

神社の奥から、背の高い人影がこちらに向かって駆け寄ってきた。

二十代後半くらいに見える男の人だった。短い黒髪で、目鼻立ちのはっきりした顔だ。黒縁眼鏡の下には涼しげな切れ長の目が見て取れる。黙っていたら鋭く尖《とが》った雰囲気のありそうな見た目だけれど、目元には優しげな微笑が漂っていて、それほどきつい印象を与えない。

白いシャツに、黒いズボンの上からはひざ下まである黒のエプロンという出《い》で立ち。神社の奥にレストランがあるというから、そこの店員さんだろうか。

神社から現れたその男の人は、私を見るなり目を見開いた。その表情のまま、翡翠と呼ばれた私の隣にいる人に向かって、首を傾げて問いかける。

「あれ、そちらの方は?」

「行き倒れてたとこ助けてもらった」

「なんと! 申し訳ない、ありがとうございます!」

私よりも背が高いその眼鏡の男の人は、深々と腰を折ってお辞儀をこちらに寄越《よこ》した。

「いえあの、それよりもこの方を早く」

言っているそばから、私の肩にずしりと重みがのしかかる。翡翠さんの体から力が抜けたのだ。

「大丈夫ですか!?」

「翡翠くん、しっかり」

黒縁眼鏡の青年が、ぐったりしている翡翠さんを私の反対側から支える。そして彼は申し訳なさそうに眉を下げながら私の顔を見た。

「本当に恐縮なのですが、運ぶのを手伝っていただけませんか」

「もちろんです」

「ありがとうございます、こちらです」

境内《けいだい》に入り、拝殿《はいでん》の横を通り抜けてさらに奥へ。

秘密基地のような竹林の小道へと入って数分歩いたところで、急に視界が開ける。

境内の中にもかかわらず、そこにはまるで別世界のようなイングリッシュガーデンがあった。

　門の脇にある岩壁には、アンティーク調の木彫りの看板が埋め込まれており、こう文字が刻まれていた。

『レストラン招き猫』と。

　門をくぐり、庭に足を踏み入れる。そして庭園のさらに奥を見た途端、私は思わず感嘆の声を漏らした。

「海が見える……！」

　坂をどのくらい上ったのかはあまりよく覚えていないが、いつの間にか随分上の方まで来ていたらしい。

　庭の縁沿いに走る白い柵越しに、素晴らしいオーシャンビューが広がっていた。ちょうど今は夕暮れ時。グレープフルーツ色から黄金色にグラデーションを作る夕焼けの色が、穏やかな海のさざ波に反射して幻想的な風景を作り出している。

　庭に目を戻せば、足元の白く光る飛び石や芝はしっとりと露をはじき、夕焼けの刹那《せつな》の光に照らされてきらきらと光を放ち。

　庭の片隅にはビオラ、チューリップなどの春の草花が咲き誇っている。

　そして飛び石の連なる先には、こぢんまりとした白いレンガ造りの洋館があった。壁にはほどよく蔦《つた》が絡まり、磨きあげられた大きな窓とダークチョコレート色のドアが壁の白さによく合っている。

「あー、やっと着いた」

少し体力が回復したのか、翡翠さんがほっとため息をつきながら、私の横で半ば倒れ込むように店のドアを押し開けた。

チリンチリンと、澄んだ鈴の音が頭上で軽く鳴り響く。扉が開いた途端、店内から流れ出てきたコーヒーの香りが鼻先をくすぐった。

「嘉月《かづき》、何か食べるものか飲むものちょうだい。僕もうそろそろ限界」

言うなり、翡翠さんが私と黒縁眼鏡イケメンの間にぱったりと倒れ込んだ。

黒縁眼鏡の人は、嘉月さんという名前らしい。

「まったく、仕方ないですね。ほら、これ」

慣れた手つきで嘉月さんが、翡翠さんの開けた口に何かを放り込む。

……なんだろうあれ、ミニサイズのカヌレ？

「あ、美味《うま》い。さすが僕の作ったスイーツ」

のっそりと起き上がって、翡翠さんがカヌレを黙々と味わう。嘉月さんがいくつかカヌレを追加で渡すと、翡翠さんはあっという間に全部平らげてしまった。

「足ります？」

「ん。とりあえず助かった」

呆れたように苦笑する嘉月さんに頷いてみせながら、伸びをする翡翠さん。そしてぽかんとその光景を見守っていた私の方を、二人は揃って振り返った。

「あの、もう体調は大丈夫なんですか」

私が恐る恐る絞り出した問いかけに、翡翠さんは笑顔で頷き、嘉月さんはため息をつきながら肩をすくめる。

「うん。ありがとね、帰るところ手伝ってくれて」

「驚かせてすみませんでした。この子、エネルギー切れになるとさっきみたいなことになるんですよ」

「エネルギー切れ……？」

嘉月さんの言葉をオウム返しに繰り返しながら、私は翡翠さんをじっと見る。

確かにもう大丈夫そうに見えるけれど、エネルギー切れってまさか。

「あの、病気ではないんですか？」

「いんや？　空腹による行き倒れ」

あっけらかんと答える翡翠さんに、そのまさかだった、と私は内心頭を抱える。さっきまでは『倒れている人を何とか家まで送り届けないと』と必死だったものの、今になって頭がやっと冷静になってきた。

気が動転するあまり、正常な判断ができなくなっていたことを反省する。

というかこれ、急病人だったらやっぱり救急車呼ぶのが正解だったのでは、いやでも倒れていた理由が病気ではないし、結果オーライなのかな……。


そんなことをぐるぐると考えている私の前で、翡翠さんが無邪気に首を傾げた。

「で、きみ名前何だっけ？　ごめん、聞いてなかったそういえば」

「ああー、お構いなく。元気になって良かったです！」

翡翠さんの問いかけに、私は笑顔をキープしたまま、もう一歩後ずさりをする。

「ふむ、初対面の者には名前を明かさないと。ま、賢明だね」

「いや翡翠くん、僕たちは名前ばれちゃってますけども」

「あ、ほんとだ」

店内にあるカウンターの方へと歩きながら呆れ声で指摘した嘉月さん。彼の言葉に、翡翠さんはへらりと苦笑して頬をかく。

うん、とりあえず悪い人たちじゃないのはよく分かった。

「あ、いや怪しんでるとかじゃなく……。野一色彩梅《のいしきあやめ》といいます」

私が名乗った瞬間、翡翠さんと嘉月さんが顔を見合わせた。

「野一色？　ってあの『近江堂《おうみどう》』の？」

嘉月さんに問い返され、私はびっくりして顔を上げる。

「え、うちの祖母がやっていた食堂、ご存知なんですか？」

「もちろん知ってますよ。あそこのメニューの幅広さと、どれを食べても外れなしの美味しさは今でもよく覚えてます」

「そうですか……」

まさかこんなところで、おばあちゃんが切り盛りしていた食堂を知っている人に出会うなんて。思わず滲《にじ》んできてしまいそうな目元の波を堪《こら》えて、私は話題を転換した。

「あの、怪しんでいた訳じゃないんです。『野一色』って苗字、一発で聞き取ってもらえることが少ないので」

「だろうね」

「翡翠くんはちょっと黙ってなさい。僕たちだってだいぶ珍しい名前でしょ」

失礼にも即答で私の言葉に同意を返した翡翠さんを、めっ、と言いながらカウンターの奥から嘉月さんが窘《たしな》めた。

その手はカップやコーヒーを挽《ひ》くミルの間を忙《せわ》しなく行き来している。どうやらあのカウンターと、その奥の空間が調理スペースらしい。

「ま、しょうがないねえそれは」

翡翠さんがぼそっと呟く。一瞬沈黙が落ちた後、嘉月さんが軽く咳ばらいをして、私の方へ顔を向けた。

「飲み物を用意しようと思うのですが、カフェオレとかでも大丈夫ですか？」

「あ、遠慮《えんりょ》しないで飲んでってね。お礼も兼ねてだから……って、ひょっとしてカフェオレ嫌いだったりする？」

何と言ったらいいか迷う私の顔を、翡翠さんがしゅんとした顔で覗き込んでくる。私はその表情にほだされて、ついぶんぶんと頭を振ってしまった。

「いいえ、カフェオレ大好きです！」

コーヒー単体だと苦くて未だに苦手だが、カフェオレとなると話は別だ。牛乳たっぷりのカフェオレは私の大好物でもあった。

「それはよかった。では少しお待ちください」

優雅に微笑み、嘉月さんは黙々と手元の作業を再開する。しばらくして彼は湯気を立てるコーヒーカップを二人分、持ってきてくれた。

「ではこちらを。ミルクたっぷりのカフェオレです」

「あ、ありがとうございます……！」

善意の塊《かたまり》のような二人の雰囲気に押され、半ば流されるような形で、私は窓際のテーブル席に座った。

外から想像するよりも店内はゆったりと広い。

夕日が大きな窓ガラスから柔らかく差し込み、店内を照らしている。そして天井から下がるステンドグラスでできたランプが、虹色の光を落としていた。

壁は真珠のように白く、床は店のドアと同じダークチョコレート色のフローリング。床よりもやや明るい色の木製のテーブル席が大小合わせて四つほどあり、中央にはソファー席まである。

ソファーは品の良い色合いの深いワインレッド。ベルベット素材なのか、その布地は遠目からでも滑らかそうなのが分かる。座ったらふかふかして気持ち良さそうだ。

店内を見回していつの間にか前のめりになっていたのか、首が痛い。私は姿勢を正し、嘉月さんが持ってきてくれたカップを手に取った。

嘉月さんが淹《い》れてくれたコーヒーカップの中身は、ラテアートされたカフェオレだった。表面にはふわふわの泡立ったクリームで、かわいらしい猫が描いてある。

描いてもらったアートを崩さないよう、ゆっくりと香ばしい飲み物を口へと流し込む。

ほっこりとした苦味とほのかな甘みの調和が絶妙なバランスで口の中を綻《ほころ》ばせ、その極上の味に私は驚愕《きょうがく》した。

「お、美味しい……！」

滑《なめ》らかなミルクの香りとあいまって、まったりとした旨味が喉の奥まで心地よく広がる。

かなり、いやこれは間違いなく、今まで飲んだ中で格別に美味なカフェオレだった。思わずほう、とため息が漏れる。

「あ、それ出すの？」

そう言いながら翡翠さんが私の向かいの席に座る。私が顔を上げると、黒い冊子を持った嘉月さんが、翡翠さんの隣へ歩み寄っているところが見えた。

「一応、そういう店ですからね。店主がどう出るか分かりませんが……」

何やら二人でひそひそと会話をしている。この冊子がどうしたというのだろうか。

見た目はA4用紙ほどの大きさで、二つ折り。鈍《にぶ》い光沢のある黒い革の冊子で、高級感があふれ出ている。

「あれ？」

私は開いた冊子をパタンと閉じ、もう一度開けてみる。

「いかがなさいました？」

「あの、これって」

しれっとにこやかに聞き返してくる嘉月さん。その顔は「何か問題でも」と言わんばかりのピュアな表情だ。

「え、ええ？」

私の目がおかしいのだろうか。もう一度開き、閉じ、開き、を繰り返す。何度やっても結果は変わらない。

そう。

「あのう、このメニュー白紙、ですよね……？」

私の開いたページは、真っ白だったのだ。

「白紙じゃ、ありませんよ。見えない人には見えないんです」

にこやかな笑顔でそうのたまう嘉月さん。知的な眼鏡顔に諭《さと》されると、なんだか自分が間違っているのではないかという気がしてくる。

だけど、そんな『裸の王様』みたいなこと言われても……。

「嘉月やめときなよ、彩梅ちゃんを混乱させないで」

はあああ、とため息をつきながら翡翠さんがひらひらと左右に手を振った。

「気にしなくていいよ、それ僕たちにも見えないから。僕らにとってもただの白い紙。嘉月、いっつもこのネタでお客さん困惑させんの」

こんな顔して眼鏡かけてさ、性質《たち》悪いよねと翡翠さんが嘆く。

「そ、そうなんですか」

「すみません、引っかけるような真似して。でも、あながち嘘でもないんですよ。そのページが見えるのは我が店主のみ」

「ま、その肝心の店主がなあ……困った困った」

頭を抱える翡翠さん。嘉月さんも黒縁眼鏡の奥の瞳を曇《くも》らせ、ため息をつく。

その時だった。

「誰が困ったって?」

突然、今までの会話に聞こえてこなかった声が店内に響いた。

「あれ、店長」

「『あれ』じゃない。どこに行ってたんだ、翡翠」

凛とした光をたたえたくっきりとした黒い瞳に、すっと通った鼻筋、柔らかな黒髪。声の主は青年だった。

店長と呼ばれていたけれど、随分若く見える。上に見積もっても二十代半ばくらいだ。

嘉月さんとお揃いの白シャツ、黒ズボンに腰から下の黒エプロンがそのすらりとした体《たい》躯《く》によく似合っている。

怒っているのだろうか。軽く引き結ばれた薄い唇は繊細《せんさい》さを絶妙なバランスで保っていて、多分顔の下半分だけを見たとしても、美青年であることは分かってしまう――それくらい整った顔の男の人が、壁にもたれかかってこちらを睨んでいた。

「あー、えっと、尾道ラーメンを食べにちょっとばかし遠くまで……」

頬をぽりぽりとかきながら、翡翠さんが明後日の方向を見る。

対する美青年は綺麗な二重の目を吊り上げ、その長い足であっという間に翡翠さんへと距離を詰めた。

「で、半日帰ってこないと」

「ごめんて」

翡翠さんの目を真っ向から見つめ（この二人は背丈が大体同じくらいだった）、青年がそれはそれは大きなため息をつく。

「で、行き倒れて他人に助けてもらった訳か？」

「おお、話が早い。さては聞いてたね、神威《かむい》？」

「話を逸《そ》らすな」

「……ごめんなさい」

素直に翡翠さんが謝ると、神威と呼ばれた青年が「ん」と短く答えて今度は私に向き直った。

真正面から見つめられると、その美貌《びぼう》に尻尾を巻いて逃げたくなる衝動に駆られる。それくらい、綺麗な人だ。

「すみませんでした、巻き込んで。翡翠を助けて下さったんだとか」

律儀《りちぎ》にも頭を下げられ、私は慌てて立ち上がって手を左右に振る。

「あ、いえいえいえ！　私が勝手に」

「あのさ、神威。この子にあのメニュー、作ってやってよ。僕が助けられたお礼と思ってさ」

私の隣に立ち、翡翠さんがさっきの『中身が白紙の冊子』を神威さんの目の前にすっと出した。

途端に再び神威さんの目が険《けわ》しい色を帯びる。

「元はといえば翡翠がまいた種だろう」

「そこをなんとか！」

「後は頼んだ。俺は今忙しい」

食い下がる翡翠さんに、にべもなく突っ返す神威さん。嘉月さんと事情の分からない私は、はらはらとした表情で二人の様子を見守るしかない。

「だめ？」

「だめ。今日はもう終わり」

きっぱりと言い切って、神威さんは私に目を向ける。

「すみません、お見苦しいところをお見せして。ぜひ休んでいって、気を付けてお帰り下さい。……ああ、それから」

彼がずい、と私の方向に身を乗り出し、わずかに眉をひそめて見せた。

「黄昏時には気を付けた方がいい、特にあなたみたいな人は。こう言っちゃなんですけど、あなた不幸に巻き込まれやすいでしょう。道中、お気をつけて」

「……はい？」

あっけにとられる私を残して、彼は「では」と爽やかなスマイルを繰り出し、颯爽《さっそう》と店の奥の扉へと帰っていく。

彼の閉じた扉の音が、パタンと寂しく店内に余韻を残した。

「あーあ、すっかり拗《す》ねてる。ごめん彩梅ちゃん」

「い、いえ……それよりあの、凄いことさらっと言われた気がするんですが、何ですか今の！」

面と向かって「不幸に巻き込まれやすい」と言われると、むっとくるより先に呆然としてしまう。

私初対面なんだけど、言っていいのか、人として。

「黄昏時は逢魔時でもあるから。彩梅ちゃんみたいに引き付けやすい体質だと、つけこまれるよってことだね。……例えばさ、今までに不幸体験とかあったりする？」

翡翠さんの問いに、私はこれまでにあった出来事を振り返ってみる。

考えてみると、結構エピソードがあるかもしれない。

さっきのトンビのように、鳥に狙われたりすることは日常茶飯事《さはんじ》。それ以外にも挙げてみろと言われればネタに事欠かない。

「不幸っていうのか分かりませんが」

「うんうん」

こくこくと揃って頷きながら、翡翠さんと嘉月さんが真剣な表情で私の言葉を促す。

「久しぶりに会おうって言ってきた昔の同級生が、別れ際にリンクウィンのリップクリームをプレゼントって言って渡してきたことがありました。あ、その後セミナーの誘いも来ましたね」

　リンクウィンというのは、世間でも有名なネズミ講の会社である。

「高校の先輩に、部活の引き継ぎをするからってカフェに呼び出されたら、隣に知らない男性も一緒に座ってて、副業の勧誘をされたり。あ、あと家で留守番してた時に、世論調査を騙《かた》った詐欺電話が何度もかかってきたり……」

　私はもう十分だろう、とここで言葉を切る。これ以上は、自分のトラウマをえぐりそうで怖い。それに、今話しただけでも目の前の二人が若干引いているのがありありと分かる。

「これは、つけ込まれ体質確定ですねえ」

「だなあ」

　失礼にも、『納得だ』と呆れ顔をしながらお互いに頷き合う二人。

「まあ神威も心配して言ったんだと思うから、許してあげて。あんなんだけど」

　心配しているようには全く見えなかったような気がするけど、と私は内心独りごちた。

　そもそも気をつけたところでどうにかなる問題でもないだろう。試しに入ってみた占いの館《やかた》で、「これから一時期、運気が下がる」と宣告されたような気分だ。

「ああ、心配しないで。ここは神聖な、神気《しんき》溢れる神社のレストランだもの、この空間にいる限り君は安全だよ」

なんだかさっきから、言ってることがファンタジーだし胡散臭《うさんくさ》い。

やっぱり気にしないことにしよう。そう自分に言い聞かせながら、私はさっきから自分の頭の中に思い浮かんでいた占いの館のイメージを打ち消す。

「ま、それはそうと」

私の内心の切り替えを知ってか知らずか、翡翠さんがころりと話題を変えた。

「さっきの質問に答えてなかったね、何でこの冊子が真っ白なのか」

「あ、はい」

「この一見、メニューに見える冊子のページが白紙なのには、意味があるのさ」

ゆっくりと黒い革表紙の冊子を広げ、何度見ても白紙にしか見えないページを翡翠さんが指さす。

「メニューが決まってないんだ、このレストランは。人によって、食べる必要があるメニューは違うから。神威はお客さんが『探している』思い出の料理を、お客さんの触ったその冊子のページから読み取って、再現する」

「さ、再現？　思い出を読み取る？」

眉唾物《まゆつばもの》だけど、もしもそれが本当だとしたら。

それってまるで。

「魔法みたいでしょ？　だから僕たちは、それを『魔法のメニュー』って呼んでる」

私の頭の中を見透かしたみたいに、翡翠さんがにっこりと笑う。

「神威さまは凄いんですよ。お客さんの頭の中にあるレシピを引き出して、あらゆる料理を再現する。その人が必要としている料理を、いくつも作っていたんです。……前までは」

「そう、前までは。今じゃすっかりやる気なし。どうしたもんかね」

うーむと言いながら、揃いも揃って嘉月さんと翡翠さんは困り顔で腕組みした。

「料理っていうのは不思議なもので、作る側の個性が無意識に出ちゃうものなんだよね。例えば甘いものが好きな人なら砂糖を多めに、塩辛いものが好きならついつい味付けを濃いめに。そうやって料理の味が出来上がってくる。神威はそれも含めて、『思い出のレシピ』を再現できるのさ。せっかく来てくれたんだし、彩梅ちゃんにもぜひ食べてほしかったんだけど」

ちらり、とお店の奥の、先ほど閉まった扉を翡翠さんが見遣り、それからため息をついて首を振った。

「こうなったら仕方ない。ね、僕の作った特製プリン食べていって！　美味しさは保証するよ」

「でしたら早速、カフェオレも淹れ直さなくては」

私に断る間も与えず、二人は颯爽と立ち回り、どうしようか悩んでいるうちに目の前にはプリンと湯気を立てるカフェオレが置かれていた。

「はい、どうぞ！　広島県産の濃厚な味わいの牛乳と、新鮮な卵を使ったプリン！　広島県名産の特製レモンソースもお好みで」

「プリンに合うように牛乳たっぷりのカフェオレも淹れましたので、ぜひ」

翡翠さんに続いて、嘉月さんも畳みかけるようににっこりと笑い、目の前の食べ物を勧めてくる。

濃厚プリンにレモンソース、淹れたてのカフェオレ。見ただけで口にじゅわっと唾が広がってきた。ゆらりとカフェオレの表面から立ち上る湯気が、誘うように空中で身をよじっている。

「い、いただきます……！」

目の前に出されたものが魅力的すぎて、私は素直に手を合わせる。

頬張ったプリンとカフェオレは、五臓六腑《ごぞうろっぷ》に染みわたるほど美味しかった。

落ち込んでいようが嬉しかろうが、そんなことに関係なく、容赦《ようしゃ》なく朝はまたやってくる。

繰り返し鳴り響く電子音で、私はまた目を覚ました。

「もう朝……」

布団の上でごろんと寝返りを打ちながら、頭が起きるのをゆっくりと待つ。

昨日は何をしていたんだっけ。私はうつらうつらとまだまどろみの中で、振り返ろうとしてみた。

そうだ、確か商店街の脇道で男の人を助けて、それが神社内のレストランの人で、それからプリンとカフェオレをご馳走《ちそう》になった。

でもなんだか夢の中みたいに、記憶が朧《おぼろ》げだ。不思議な感じ。

「……食べてみたかったかも、白紙のメニュー」

『その人にとって食べる必要があるメニュー』とは、何だったのだろう。

私の食べるべきメニューがあったとしたら、それは何なのだろう。ちょっと知りたかったかもしれない。

私はまだ完全に開ききらない目をこすりながら、スマホのネット検索画面を呼び出した。

「えっと、確か青いに宝って書く神社だったっけな」

記憶の中に残る石碑の文字を、私は検索ボックスに打ち込んだ。昨日の神社と、その中にあるレストランのことが詳しく知りたかったが。

「あれ」

『青宝神社』は確かにあった。『せいほう』と読むらしい。

検索結果に出てくる外観もそのままだ。年季の入った朱色の立派な鳥居に、その参道の先にそびえ立つ神社の拝殿。青みがかった瓦が渋い光を放ち、焦げ茶色の木の壁と柱からは歴史の重みを感じる。

確かにその神社で間違いないのに、「レストランがある」という情報は、どこを探してもなかった。

「……やっぱり、夢だったのかな」

考えてみればなかなか現実離れした話だったし、そうかもしれない。全部全部、昨日昼寝から目が覚めたところから全て、私の夢だったのかも。

ぐだぐだ考えていると、くうとお腹が鳴った。時計を見るともう九時だ。

腹が減っては戦《いくさ》はできぬ。折角だし外で食事しよう、と私は身支度のためにのっそりと起き上がった。


高校の卒業式は三月の上旬にもう済ませたし、大学の入学式は三週間後の来月だ。今、私の身分を示すものは何もない。高校生でもなく、大学生でもない。春休みというより、モラトリアムというべきか。

だからこそ今だけは時間が有り余っている。

「よし、今のうちに食べつくすぞ尾道グルメ！」

午前十一時。外の道に降り立ち、尾道駅前までたどり着いた私は一人、ぐっとこぶしを握り締めた。食べることに集中できるよう、髪の毛は後ろでまとめてポニーテール。服は汚れてもいいように、ジーンズに黒のだぼっとした春物セーターにスニーカー。

準備万端だ、と私は前々からリストアップしていたお店一覧をスマホで眺める。

私はかなりの方向音痴《おんち》で、昔この街でおばあちゃんとはぐれて迷子になり、もの凄く心配をかけた過去がある。

まずは尾道の散策をしつつ、これからのためにもっと道を頭に叩き込まねば。

駅の南口を背に、横断歩道を渡って左手へ進む。

尾道の観光スポットは、主に駅の東側に広がっているのだ。そのまま歩道沿いに歩くとすぐに、尾道本通り商店街の入り口が見えてくる。

昔よくおばあちゃんに連れられて来た商店街。ここが昨日の夢にも出てきたのは、その懐かしさ故《ゆえ》だったのだろうか。

私は大きく深呼吸をして、目の前のアーケード街を見つめる。

とにかく今日はゆっくり回って食べたいものを食べよう。私は一人頷き、歩を進めた。

商店街には、昭和レトロなお店が軒《のき》を連ねている。私は改めてお店のリストを眺めてごくりと唾を飲み込んだ。団子屋さん、弁当屋さん、餅屋さん、饅頭《まんじゅう》屋さん、プリン屋さん……。写真を見ただけでも美味しそうで、ひとりでに唾が湧いてくる。

ここでも相変わらず猫がしなやかに闊歩《かっぽ》していて、平和な光景に頬が緩んだ。そうこうしているそばから、尻尾のふさふさした茶色の猫が私の脇を走っていく。

私はその背中を見送ってから、お店の立ち並ぶ方へ向き直った。

「まずはお団子、っと」

『お団子は注文を受けて焼きます』の注意書きが書かれた団子屋さんは、サンプルの時点でもう美味しさが伝わってくる。きな粉団子、醤油《しょうゆ》団子、たこ焼き風団子、みたらし団子……。

たこ焼き風団子が気になるが、まだまだ食べ歩きをするつもりなので今回はスタンダードな醤油団子をチョイス。

さて、次なるターゲットは知る人ぞ知る尾道名物、「はっさく大福」だ。商店街の奥へとさらにずんずんと突き進み、私はお目当ての和菓子屋さんへ一直線に向かう。

広島県は全国でも有数の柑橘《かんきつ》類《るい》の一大生産地で、尾道もその生産地の一部。

はっさくの採れている時期のみ販売されていて、三月が出荷の最盛期であることは既にリサーチ済みだ。

はっさく大福はもちろん、レモン大福も気になるので複数お買い上げ。

美味しい収穫にほくほく顔で振り返ると、若い男性二人組がこちらを興味深そうに見つめていた。

一瞬たじろぎながらも、私はその横を通り抜けようと足を速めた。

が。そう上手くはいかないものである。私の速度に合わせて並行して歩かれては、無視をするにも無理があるというものだ。

「お姉さん、地元の方ですか？」

「あの、この辺でどこかおススメの店ってあります？」

きたこれ、と頭の中で警報音が鳴る。東京で歩いているとよくあった、見ず知らずの二人組に声をかけられる現象だ。

「案内してくれ」や「おすすめの場所を教えてくれ」系は、だいたい宗教の勧誘かマルチの勧誘だったりして、関わってもろくなことがないのは経験から分かっている。

「すみません、ちょっと今忙しくて」

私は顔を上げ、曖昧に定型の断り文句を述べる。足の動きはそのままのスピードで。

「食べるの好きそうですね、沢山買い込んでらっしゃるし。だったら詳しいかなと……」

思わぬところで突っ込みが入り、ぐっと喉が鳴りそうになった。確かに両手に団子やら饅頭やら、買い込んではいるけれども。率直に言うと、余計なお世話というやつだ。

思わず「放っておいてください」という言葉が喉まで出かかりそうになったその矢先。

息を切らして飛び込んできた声があった。

「待たせて悪かったな、彩梅」

「……ええ？」

予想外の人物に私は目を見開く。柔らかい黒髪に、整った横顔。

昨日、意味不明なことだけ言ってあっさり退場した店主。

夢で会ったはずの人がそこにいた。

「え、いや別に待っ」

「で、この方々は？　どうかされました？」

私が言うより早く、神威さんが言葉を被せる。私に話しかけてきた二人組に向け、にっこりと爽やかスマイルを繰り出しているが、口調の圧が凄い。

「い、いいえ、失礼しました！」

神威さんに気圧《けお》されてか、男性二人は慌てふためいて商店街の入り口の方へ逆戻りしていった。

凄い能力だ、私も見習いたい……って、そんなことはともかく。

「あの、ありが……」

「それ全部食べるんですか？」

お礼を言わなければと恐る恐る話しかけると、私が言い終えるよりも早く、神威さんがぽつりと一言。私の両手に下がったビニール袋を怪訝《けげん》そうな顔で眺めている。

「え、あ、はい。海見ながらゆっくり食べて、それからワッフルとか、近くの尾道ラーメンでも食べに行こうかと」

私がそう答えた瞬間、神威さんがしかめっ面をした。白く滑らかな眉間《みけん》にくっきりと溝が刻まれる。

「……随分食べますね」

「食べるのは好きなので」

何か文句でも、とまっすぐ目を見つめると、神威さんはため息をつきながら踵を返した。先ほどの男性二人が逃げていった方向だ。

これは、ついていくべき？　お礼だけ言って別行動すべき？

「行きますよ、野一色さん」

神威さんがくるりと振り返る。綺麗な眉間に皺《しわ》が寄っていて、どうも拒否できそうな空気ではない。

私は黙って頷き、その背中を追いかけた。

淡い水色のカジュアルなワイシャツに、黒い薄手のカーディガン。黒いズボンと無難に黒のスニーカーという全身無地の出で立ちだが、すっきりとまとまっている上に、着ている神威さん本人がモデルのような顔と体型なのだから、歩いているだけで存在感が凄い。

後ろからついて歩いていると、人の視線が自然に集まっているのがよく分かった。

しかし、神威さんは慣れているのかそんな視線もなんのその。商店街のまっすぐな道のりを駅の方向へ進み、迷わずある角で曲がった。闇雲《やみくも》に歩いている訳ではなく、目的地があるような確かな足取りだ。

私が小走りでその後ろについていくと、彼はあるパン屋さんの前で立ち止まり、そのドアを開けて入っていく。

こげ茶色の外壁に、白くかわいらしいドアと窓。顔を上げると、その上の方には『Ｓｕｎ Ｍｏｒｕｔｅ』と銀色にくり抜かれた文字が書いてある。

ここは……。

記憶の中で何かがうごめいた。

「あらあ、園山《そのやま》さんとこの」

「こんにちは」

女性の店員さんが神威さんに声をかけ、神威さんも爽やかな笑顔で挨拶《あいさつ》を返す。どうやら顔見知りらしい。

「今日は何をお買い上げ？」

「テーブルロールを……そうですね、八つ下さい」

いつもありがとうねえ、と言いながら店員さんが神威さんにテーブルロールの入った包みを渡す。

ぺこりと頭を下げ、神威さんはさっさと歩き出した。

「あの、どうしてテーブルロールを」

さっきの『サンモルテ』というパン屋さんには、他に有名な名物のパンがある。あえてテーブルロールを大量に買ったのはなぜだろう。

明日の朝ごはんとか？

「目的があるからです」

それだけ言って、神威さんは元来た道をまたリターン。歩くのも速く、私は軽く息を切らしながらその背中を追いかける。商店街を駅とは反対方面に端の方まで歩き続けたかと思うと、彼はとある角でふっと左へ曲がっていった。

国道まで出て横断歩道を渡り、線路のガード下の細い路地へと足を踏み入れる。

遠目から見るとただのガード下だったのだが、左右の壁の一部は、緑の葉が生い茂る蔦《つた》が絡み合った赤レンガの壁になっていた。

まるで昨日夢の中で見た、洋館の壁のようにお洒落だと、私はぼんやり思う。

あれ、でも。ここに神威さんがいるということは、昨日のことは本当にあったことだったのか。

「はい、これ」

物思いにふけっていた私の肩を叩き、神威さんが紙を一枚手渡してきた。

「……って、え？　ロープウェイの乗車券？」

口をぽかんと開ける私の横で、神威さんが無言で今進んでいる方角を指さした。

ガード下を抜けたすぐそこには白い建物がそびえ立ち、その一階部分には小さな家の屋根の形をした庇《ひさし》がある。そしてそこには『千光寺ロープウェイ』と、ブルーの地に白抜きの文字で小さな看板がかかっていた。

その文字につられて、私は頭上を見る。ここから大宝山の山頂にある千光寺公園まで、ピンと張り巡らされたロープウェイのワイヤーと、行き交うゴンドラ。

昔よく使った経路だ。

乗り場に向かうエレベーターの列に早くも並んで、こっちに来いと手招きをしてくる神威さん。何を考えているのか、狙いがさっぱり分からない。

というかこれってまるっきり……。

「あらあら、かわいらしいカップルさんねえ」

神威さんとぼんやりしている私を見比べながら、観光客らしきマダムたちが微笑ましそうに口に手を当てて、囁《ささや》き合《あ》っているのが聞こえる。

いえ残念ながらカップルじゃないんです！

そう叫びたくなる気持ちを堪え、私は黙って列に並んで乗り場に向かい、やってきたゴンドラに乗り込んだ。

ゆらゆらと浮遊するゴンドラの窓の外で、景色が緩やかに流れ出す。

坂道に立ち並ぶ家々と隠れ家のような路地に、街並みに溶け込んだ古い寺や神社。少し遠くに目を遣れば、蛇行《だこう》する川のような尾道水道と、対岸の向島も見える。

色々な時代の痕跡が混じり合って、変化を遂《と》げながら今に繋《つな》がっているような風景だ。

私にとっては、ビルが競い合うように空へ空へと伸びていく東京よりも、なだらかに建ち並ぶ家々を穏やかな空気が包んでいるような、この土地の方が身にしっくりと馴染む。

まるで、自分の居場所はここだと言わんばかりに。

――私、この街に帰ってきたよ、おばあちゃん。

尾道の風景を上から見つめながら、私はそう思う。

「……疲れました?」

ロープウェイの中で一息つきながら窓の外にじっと見入っていると、神威さんがぽつりと聞いてきた。

「あ、いえそんなことは」

「そうですか」

本当のところを言うとなかなか息が上がったけれど、疲れましたというのもなんだかあれだ。私が笑顔で返すと、神威さんは短く呟いたきり、また真顔に逆戻りした。

そのまま私たちは千光寺公園へ到着。景色を眺めるようなこともせず、神威さんはまた黙って歩き出した。

さっきからどうしたんだろうか。聞きたいけれど、助けてもらった手前、こちらから図々しくは聞けず悶々としていると、神威さんは木製のベンチの前で立ち止まった。

「まだ何も食べてないですよね？」

ベンチに座り、背負っていたシンプルな灰色のリュックから何かをごそごそと取り出しながら、神威さんが尋ねてきた。

尋ねてきたというより、答えが分かっていて形だけ確認してきたような、断定的な口調だった。

「はい」

その通りなので、私は素直に頷く。

「あの」

神威さんの隣に座り、続けて言葉を紡《つむ》ぎかけて、私は口をつぐんだ。彼の手元に現れた、タッパーの中身に目を奪われたからだ。

彼は綺麗な手つきで、てきぱきと『準備』をしていく。さっき買ったばかりの、焼きたてのテーブルロールも取り出して。

「はい、まずは何を挟みます？」

テーブルロールにパン用のナイフをすっと差し込み、縦に切り目を入れる。ただし、裏面にまですっぱりといかないよう、パンの半分までに留めながら。

そこに、具を挟むのだ。

思わず震える手で、私はタッパーの一つを指さした。

「焼きそばが、いいです」

「かしこまりました」

神威さんが優美な仕草でにこりと笑い、お辞儀をする。彼はタッパーに詰めていた焼きそばを、器用に箸を使ってテーブルロールの切れ目の間にぎっしりと詰めていった。

隙間なく詰め込みやすい、細麺で一本一本が短めの、濃厚ソースで絡めた野菜たっぷりの焼きそば。

「はい、どうぞ」

神威さんが私に出来上がった『焼きそばパン』を手渡してくれる。

「い、いただきます」

私は信じられない気持ちで、恐る恐るそのパンを一口齧《かじ》った。最初の一口目からダイレクトに焼きそばがたっぷりと口の中に広がる、『特製』ミニ焼きそばパン。

食べた途端頭の中に、何かで揺さぶられたような衝撃が走る。

——ねえおばあちゃん、私これがいい！

——ええ？　そりゃ失敗作じゃけぇ、もっとちゃんとしたやつの方がええじゃろ？

「『ううん、私、これがいいの』……」

細麺で、ぶちぶちと切れてしまうけれど、その分ソースがよく染み込むやつ。

——だって、その方がソースの味しっかりするし、やきそばたくさん詰められるじゃない！

——ああらまあ、彩梅は欲張りさんじゃのぉ。……ふふ、もっと言《ゆ》うてええんよ。

「こちらも、それからこのスープもどうぞ」

用意よく紙皿に取り分けられたもう一つの『パン』と、水筒のカップの中に湯気を立てて揺蕩《たゆた》っているスープを見て、さらに胸が締め付けられる思いがした。

——これ美味しい！　サクサクしてる！

——喜んでくれる思うとったんじゃ。彩梅は天ぷら、好きじゃろう？

「もちろん、ポテトサラダは天かす入りです」

呆然としている私の膝《ひざ》に、説明しながら神威さんが紙皿を置く。その上には、今度はポテトサラダを挟んだテーブルロールがちょこんと載っていた。

それから。

「『食べても食べても、コーンが尽きないコーンスープ』……」

それは、全部全部。

おばあちゃんが、私にだけ作ってくれるメニューだった。

『神威さまは凄いんですよ。お客さんの頭の中にあるレシピを引き出して、あらゆる料理を再現する。その人が必要としている料理を、いくつも作っていたんです』

夢の中で聞いたはずの、嘉月さんのセリフが、頭の中に甦《よみがえ》る。

そうだ、そうだ。思い出した。どうして今、こんなにはっきりと思い出すのだろう。

おばあちゃんとの記憶を。

私は色々なことを、おばあちゃんから教わった。例えば『落ち込んだ時』のための、おまじないのこと。

『辛い時、悲しい時、寂しい時、落ち込んだ時。そがいな時は、出来たての美味しいご飯を食べればええんじゃ。そんで、体あっためてゆうっくり寝る。何《なん》も心配せんでええ、おばあちゃんはどがいなことがあっても、ずうっと彩梅の味方じゃけえ』

――そんなことを、私の頭を撫でながら言ってくれたのだ。そして一緒にご飯を食べてくれた後、あったかいお風呂と、お日様の匂いがほんのり香る布団を用意してくれて、一緒に寝てくれたんだっけ。

普段――私がお母さんとの二人暮らしで東京にいた時は、お母さんは平日夜遅くまで働き、土日はその疲れをまとめて癒すかのように眠るか、自分の部屋に籠《こも》るかだった。ずっと一緒に暮らしていたはずなのに、あまり、顔を合わせて『一緒に過ごした』記憶がない。

落ち込んでも辛くても、それを誰にも打ち明けずに自分の中に閉じ込めて、鎮静化するまで待つことには、慣れっこになっていた。

だって、お母さんだって私を養うために身を粉《こ》にして働いてくれているんだもの。ただでさえ張り詰めて頑張っているお母さんに、愚痴なんて言える訳がなかった。

「ただいま」と、返事の返ってこない挨拶を誰もいない部屋の中に落とし、二人分のご飯を自分で作り、一人で自分の分をもそもそと食べる。一人でお風呂に入り、一人で布団に潜る。それが私にとっての当たり前だった。

だから、おばあちゃんの『おまじない』は、それはそれは幼心《おさなごころ》に染みた。こんなふうに誰かと過ごすのは、この地で、おばあちゃんの元でしか経験できないことだったから。

あたたかい『おまじない』が骨の奥までじいんと染みた、あの記憶。それが脳裏に甦る。

「……神威さん、でしたっけ」

「そうですが」

神威さんがきょとんとした顔をして首を傾げる。不本意だけれど、思わず見入ってしまったくらい綺麗な顔で。

「昨日、伺いました。神威さんはその人にとって『食べる必要がある』メニューを再現できると。……本当にそうなら」

神威さんは何も言わず、その意志の強そうな大きな瞳でこちらの様子を窺っている。

「――私はまだ、許されていないんでしょうか」

私は紙皿の上に載った、食べかけの焼きそばパンとポテトサラダパンを見つめながら呟いた。

「許されていない、とは？」

神威さんが身体をこちらに向けて問い返してくる。どうやらこの人は、人の話を誠実に聞く姿勢を取ってくれる人らしい。

「涙が、出てこないんです」

あんなに、大好きだったのに。

長期休暇のたびに預けられる私を優しく出迎え、『ゆっくりしてき』と微笑んで手を握ってくれた手のぬくもり。ゆったりと一緒に尾道の坂道をのぼってくれた祖母の背中。

調理台の前に立つ背中に何を作っているのか問うと、『できてからのお楽しみ』といたずらっぽく頬を緩めて私の方を振り返った、おばあちゃんの笑顔。

私の頭の中で、ぼんやりと場面がフラッシュバックしては消えていく。

——大好きだったあの人は、もういない。

「涙？」

後ろからいきなり声が入ってきて、私はびくりと振り向く。

「翡翠さん！」

いつの間にか後ろに翡翠さんと嘉月さんが立っていた。困り顔の嘉月さんに口を押さえられ、翡翠さんがじたじたともがいている。

「翡翠、お前はちょっと黙ってて」

「ごめんなさい」

ため息をつきながら、冷静に翡翠さんを睨む神威さん。謝りながら、目に見えて翡翠さんがしょぼくれる。なんだかいたずらが見つかってしゅんとしている猫みたいだ。

「い、いつから」

「ごめん、僕も嘉月もさっきからいたの」

いつの間にやらそばに立たれていたらしい。全く気付かなかったな、と私は首を傾げた。

「すみません彩梅さん、翡翠くんが突撃してしまいまして」

心底申し訳なさそうな顔をしながら、深々と頭を下げる嘉月さん。

あれは夢だったのかもしれない、と思っていた人たちが勢揃いだ。なんだかおかしくなって、私は少しだけ頬を緩める。

「いえ、いいんです。つまらない話ですから」

「つまらなくないから。――あんた、このままいくとやばいぞ」

先ほどまで敬語だった神威さんが、口調を崩し、低い声できっぱりと言い切る。声のトーンに凄みを感じて、私はぴりっとした空気に思わず体を縮こまらせた。

「や、やばいって、何がですか」

「これ。ほっといたら、もっと食べる気だったろ。あの時点でワッフルとかラーメンとか言ってたしな」

神威さんが、先ほど私が買い込んだ食品の袋を、静かに揺らした。

「どんどん際限《さいげん》がなくなる。感覚麻痺《まひ》してってるだろ、既に」

感覚が、麻痺。口の中で小さく私は呟いた。

「目のクマもひどい。ちょっと坂を上っただけで、息切れもしてる。最近、変な時間に昼寝とかもしてるんじゃないか？　夜に眠れなくて」

「……どうして」

まさに言われた通りで、私はうろたえた。確かに変な時間にぽつぽつと昼寝をすることが多くて、まとまった時間で寝られていないのは確かだ。

「見りゃ分かるさ。だからまずいと言ってる。既に食べる量が、身体の限界を越えかけてるんだよ」

神威さんの言葉に、翡翠さんが首を傾げた。

「でも彩梅ちゃん、スタイルいいよね。とても大食いしている人には」

「だから余計、性質《たち》が悪いんだよ」

翡翠さんの言葉をばっさりと神威さんが切り捨てる。そんな様子を見た嘉月さんが、どうにかして場を収めようとおろおろしているのが、私の目にぼんやりと映った。

——ああ、この人たち、間違いなく、いい人だ。

会ったのはつい昨日のことなのに、よく見てくれている。そう思うと同時に、私の唇は震えた。

この人たちなら、この人たちにならそう、思ってしまう自分が止められなかった。

「私、昔よく学校とかが長い休みに入るたびに、こっちに住んでいる祖母にお世話になってたんです。……その祖母が、去年亡くなって」

私が話し始めると、三人は真剣な顔でこちらを向き、口を挟まずに頷いた。

「その告別式、親族代表の言葉が私だったんです。……おばあちゃんへの言葉だから、もの凄く悩んで、精一杯やりきったつもりだったたん、ですけど」

口元が震え、言葉がぷつりと切れる。

あの時に聞いた言葉が、苦々しさと共に頭の中にこだまする。

——お孫さんの言葉なんだけどねえ。一生懸命だったけど、棒読みだったわねえ……。

もうちょっとこう、気持ちを込められなかったのかしら。

——東京にいたんでしょう？　最近訪ねにも行ってなかったみたいだし、まだ高校生だし、お葬式だってなかなかないでしょうよ。仕方ないんじゃないかねえ。

「……言葉が棒読みだったと、言われていました」

乾ききった眼球が痛い。目の縁が痛い。私はそれ以上言葉が紡げず、膝の上でギュッと拳を握り締めた。

けですが」

「一体誰がそんなことを」

神威さんが苦虫を噛み潰したような顔で呟いた。

「親戚《しんせき》の方、です。それも私本人に直接言った訳ではなく、会話しているのが聞こえただけですが」

それでも私の頭に打撃を与えるには十分で。

あの時。いっぱいいっぱいで、記憶が朧《おぼろ》げだけれど。

おばあちゃんとの思い出のエピソードを語るたび、眩暈《めまい》のような感覚が自分を襲った。

悪夢を見て、纏わりついてくる泥の中で必死でもがいているみたいだった。

『今喋っている』自分を保てないと、このままぷつんと言葉が語れなくなるのではと、そんなことを思うくらい。

気を緩めたら、何かタガが外れてしまいそうで。

だけど、私が述べたおばあちゃんを見送る言葉は、他人には『ただの棒読み』でしかなかったのだ。それをおばあちゃんの最期に捧げてしまったのだと、悩みと苦しみと後悔が今でも続いている。

私には、何かが欠けているのだろうか。薄情《はくじょう》な孫だったのだろうか。

お別れの言葉ですら、棒読みに響いてしまうほどに。

そんな思いがぐるぐると頭の片隅でずっと回っている。もう乗り越えていたつもりで、全然乗り越えられていなかった。

「ひどいもんだ。何も、表面に出てくるものが全てじゃないのに」

「だねえ。何かを我慢してるのって、人には分かりにくいのかな」

神威さんの言葉に頷きながら、翡翠さんが茶目っ気たっぷりにウインクする。

「で、そこから食欲がおかしくなったのか？」

「いえ、元から食べる方ではあったんですけど……そうですね、食べてる時が一番気が紛れるので、ついつい食べるようにはなったかもしれません」

神威さんの質問に答えると、彼は黙ったまま、自分の髪の毛を乱暴にガシガシとかいた。

「不眠に息切れと疲れ、過食傾向ですか……。確かにそろそろ王手ですね。店主が心配していた通り」

嘉月さんが眼鏡を押さえ、眉をひそめた。

「心配、ですか？」

私が首を傾げると、嘉月さんは大真面目な顔で「はい」と深く頷く。

「昨日神威さま、心配してたんですよ。『あれは絶対やばい』って……うぐ」

神威さんがギロリと睨みながら嘉月さんのほっぺたを引っ張った。

「いやー、普段あんなに食事を作りたがらない店長がねえ。こりゃ珍しい」

「翡翠、お前根も葉もないこと言うな、しかも手の届かないところへ逃げるな！」

「本当のことだもーん」

ひらりと神威さんの手をかわし、鬼さんこちら、とあっかんベーをする翡翠さん。見た目は大学生くらいのイケメンなのに、その仕草はなんだか少年っぽい。

神威さんは「あいつら後で覚えてろ」と頭を抱えてその場にフリーズしている。

「あ、あの」

「……あのなあ、あんた。他人の言葉なんてそこまで気にしなくていいんだよ。あんたたちのこと、何も知らない人たちだろう?」

「え?」

「このメニュー見て、食べてどう思った?」

ほれ、と神威さんが焼きそばパンとポテトサラダパンの皿を私の膝へ置き直す。

「……懐かしいと、思いました。それに……あったかい」

このメニューには、思い出がたくさん詰まっている。私は食べた瞬間、それをありありと思い出した。

さっきパン屋さんの『サンモルテ』で既視感を覚えたのは、おばあちゃんがよくパンを買っていた店だったから。

あのパン屋さんで焼きたてのパンを買って、おばあちゃん特製の焼きそばとポテトサラダを二人でタッパに詰め込んで、二人でロープウェイに乗って、ここまで来る。

尾道の景色が一望できるこの場所で、二人でパンに具をその場で詰め込み、コーンたっぷりのコーンスープと一緒に味わうのだ。

『楽しいハイキングじゃのぉ』と、おばあちゃんは目を細めて笑っていた。

その思い出は全部温かいまま、私の心に棲《す》んでいたのだ。なぜだか、詳しく思い出せなかった思い出が甦ってくる。

「さっきこのメニュー出した時、嬉しそうだった。おばあさんと一緒にいた時、本当に楽しかったんだな」

神威さんの、淡々としているけれど心のこもった声音《こわね》に、私は頭をガバッと上げる。そして大きく頷いた。

「……はい！　凄く凄く楽しくて、一緒に出来上がったものをその場で二人で食べられることが嬉しくて……！」

心が躍って、全ての景色が眩しく見えて。

「ほら、それでいいんだよ」

ふっと微笑みながら、神威さんが頷いた。思わずどきりとするくらい、優しい笑顔で。

「それで、いいんだ。それだけでいいんだよ。他の人間が何と言おうと、あんたは確かにおばあさんが好きで、それはきっと、いや絶対に、生前の彼女に十分伝わっていたんだから。あんたのその反応が、何よりの証拠」

言葉を失った私の目の前に、ほら、と言いながら神威さんがお皿を差し出す。

勧められるがままに、私は焼きそばパンにかぶりついた。

麺が細麺で柔らかく、ソースがたっぷりと濃厚に絡みつき、焼きたてのパンの香ばしい香りと共に口いっぱいに広がる。わざと大ぶりに切ったキャベツやニンジンは風味豊かで、口の中でしゃくしゃくと新鮮な音を立てる。

そしてポテトサラダパン。茹で立てのジャガイモを潰して、たっぷりのマヨネーズとざっくり混ぜこんだポテトサラダだ。私の好きなコーンと天かすが入っていて、ザクザクと美味しいハーモニーを奏でる。

やっぱりそれは、私とおばあちゃんだけが知るレシピだった。

「はい、これも。……それから」

コーンスープを私に手渡してくれた神威さんは、空を見上げながらぽつりと言った。

「人は本当に悲しい時、涙が出てこないことがある。感じること、思い出すことに、感情自体にブレーキがかかる時がある。……涙が出ない時は出ない、だけど代わりに、出るようになった時は我慢しないで思いっきり出す。それでいいんだ」

神威さんは不自然なほどこちらを見ない。

私はそれを不思議に思ったまま、コーンスープを一口飲んだ。

「……辛《から》い？」

思い出の味の中に、何かしょっぱいものが混じっている。

頬に冷たいものが流れていて、それが手元に持っていたスープに落ちていたのだと理解するのに、時間がかかった。

――ああ、私、やっと泣ける。泣けるんだ。

そう思ったら最後、タガが外れたように止めどなく頬が濡れていく。

『辛い時、悲しい時、寂しい時、落ち込んだ時。そがいな時は、出来たての美味しいご飯を食べればええんじゃ』と、おばあちゃんは言った。

――でもねおばあちゃん。その『おまじない』は、それだけじゃ不十分なんだ。

私はそれを、よく知っている。そう思い返しながら、私は涙でふやけた視界の中でパンとコーンスープを見つめる。

おばあちゃんは言葉ではなくて、実際の行動でそれを教えてくれた。

出来たてのご飯、美味しいご飯。確かにそれは幸せを与えてくれるけれど、その内容は正直どんなものだっていいと思う。

誰か大切な人と一緒に食べるからこそ、ご飯は美味しいのだから。

そして、私にとって、その『大切な人』は、紛れもなくおばあちゃんだったのだ。

そこまで思い出すともう駄目だった。堪え切れない嗚咽《おえつ》が、喉の奥から漏れる。

神威さんはさっきまで目もくれなかった尾道の眺望を見つめ、隣で黙ったまま、私と一緒にご飯を食べてくれた。

「……落ち着きました?」

しばらくしてからそっと問いかけてきた神威さんの言葉に、私は慌ててごしごしと目をこする。

「は、はい。すみません人前で」

かれこれ三十分ほどは経っただろうか。今まで涙を出してこられなかった分、存分に泣いたからか、頭の片隅が鈍く痛む。と同時に、段々と冷静になってきた。

泣きながらパンを食べている人間を見て、周りはどう思っただろうか。

「はい、今日は人目を気にしすぎるの禁止です。今まで、よく頑張りました」

目元をくしゃっと微笑みで満たし、神威さんが私の背中を軽くぽんぽんと叩く。彼はそのまま手際良く、私の手の中にあった空の紙皿とコップを回収した。

「あれ、そういえば」

さっきまでいた翡翠さんと嘉月さんは、どこに行ったのだろう。今更ながら顔を上げて、辺りをきょろきょろと見回す。だがパッと見、見当たらない。

ベンチから立ち上がり、足を踏み出しかけ、その裏に何かがいるのを感じて私はベンチの裏側の芝生を覗き込んだ。

猫だ。いつの間にやら、さっきまでいなかった猫がそこにいる。

茶色の猫がすやすやと、身体を丸めて目を閉じていた。眠っているのか、お腹の辺りの毛並みが上下にゆっくりと動いている。

その様子を見守っていると、ぴょんぴょんとこちらへ地面を蹴りながら跳ねてくるものが一羽。

「……ん、カラス？」

私は思わず硬直し、その黒い鳥と目を合わせないように視線だけをすっとずらす。このまま静かにじっとしていれば、きっとどこかに行ってくれる。

そう考えながら、私ははたとカラスの足元に注目する。カラスの二本あるはずの足が、なぜか三本あったのだ。

目が疲れて乱視になったのだろうか、三本足のカラスなんている訳がない。そんなことを考えていると、猫がうっすらと目を開け、もぞもぞと前足で自分の頭を撫でた。

「あ、お話終わった？」

「……え？」

私は声のもとを探して辺りを見回した。今のは……。

「翡翠くん、大事なところで寝ないで下さい」

カラスが羽を片方広げ、やれやれとでも言いたげにそのまま羽を額に当てて首を振る。

「えええええええ⁉　ね、猫とカラスが……！」

「どうしました？」

ベンチの裏で慌てふためく私に、神威さんが冷静に声をかける。その声を聞くと、なんだかほっとした。

「あ、あの、猫とカラスが喋って」

「……ああ。猫が翡翠で、カラスは嘉月ですよ」

それが何か、と言わんばかりのあっさりしたトーンで話しながら、神威さんがリュックに荷物を詰める。しれっとすました顔はもう、これ以上説明する気はないと言っているようだった。

「ごめん、驚かせちゃった？」

確かに翡翠さんの声で言いながら、猫がてけてけと歩き、ベンチの座る部分にひょいと飛び乗った。

私は黙って自分の頬をつねった。古典的ながら実用的な手法だ。

「夢じゃないよ。僕たちは神威の眷属《けんぞく》のあやかし。僕は猫又《ねこまた》で、嘉月は八咫烏《やたがらす》。名前くらいは聞いたことない？」

「や、バリバリありますけど……！」

どちらかというと、神話とかあやかしとかの話は大好物だ。それを勉強したかったのもこの地に来た理由の一つだった。だけど、それはあくまで創作としての『話』のこと。

「まさか、本当にいるなんて」

「もっと言うなら、そこにいるお方のほうが凄いんですよ？」

カラス、いや八咫烏もとい嘉月さんが首を傾げながらその右の羽を持ち上げ、ビシっと神威さんを指さした。

指さされた張本人は、黙って詰め終わったリュックを片方の肩に引っ提げた。その顔は、先ほどまでの微笑みはどこへ行ったのやら、不機嫌そうな表情に逆戻りだ。

「神威さまは、昔神様と契約した一族の末裔《まつえい》。人でありながらこの地一帯をお守りくださる神様……つまり、人神さまなのです」

リュックを背負った神威さんは、ドラマティックに語る嘉月さんの言葉を完全に無視してすたすたと歩き出している。その後ろ姿を目で追いながら、私は「……え？」と腑抜けた声を出すことしかできなかった。

第二章　きつねと黄昏

年季の入った朱色の立派な鳥居をくぐり抜けると、参道の先にそびえ立つ神社の拝殿。青みがかって渋い光を放つ、上から下へ優美な曲線を描く屋根は『流造《ながれづくり》』という造りらしい。

「屋根は銅板葺《どうはんぶき》と言いまして、銅を薄くした板で葺《ふ》いています。青みがかっているのは、銅のサビ『緑青《ろくしょう》』です。このサビで銅板表面に皮膜を作り、内部の腐食を防いで……」

「ちょ、ちょっと待ってください嘉月さん！」

私は右手を上げ、しばしのギブアップを懇願《こんがん》する。すると白い着物の豊かな袖がずり落ち、腕があらわになった。まだ少し肌寒い三月の外気が直に腕に触れ、私はぶるりと身を震わせる。

「さっきから専門用語が多すぎて、ちょっと整理したいです」

「序の口ですよ？　歴史に興味があるのならば、このくらいは」

「べ、勉強します！」

ひい、と悲鳴を上げた私に嘉月さんがにっこりと笑いかける。その服装は、純白の小袖《こそで》に淡い空の色をした袴《はかま》。嫌味なほど似合っていて、私は言葉を呑み込んだ。

「期待しております。ではこの神社の説明に移りましょう。この神社は、初代人神さまがこの地の神様から譲り受けたところだそうです。ここには拝殿はありますが、本殿はありません。なぜなら、人神さまがここにおられますからね。神社の本殿は、『そこに神が常在するとされている』空間。神威さまは一つの部屋に常在している訳ではないので」

まだ朝の八時。静寂と清浄な気が流れる朝の青宝神社で、私はなぜか先ほどから嘉月さんに、神社の造りについて懇々《こんこん》と説明されている最中だった。

ここに来るや否や、あれよあれよという間に『これに着替えてください、後で説明します』と着替えを押し付けられ、白い小袖に緋袴《ひばかま》という出で立ちで私は今、神社の拝殿を見上げている。

「あのう、ここに連れてこられた理由をそろそろ」

教えてもらいたいのですが、と言いかけた時、後ろから耳触りの良い声が聞こえてきた。

「早速勉強ですか？　いい心がけですね」

「神威さん」

説明をお願いします、と言おうと思った私の言葉は、喉に出かかったところでぴたりと止まる。

私と同じ白い小袖に藤の花のような紫色の袴。その装束《しょうぞく》が反則的に似合っていて、私は思わず「ずるい」と呟いてしまった。

「ん？　何がずるいって？」

「あ、いえこっちの話です気にしないでください！」

ずい、とこちらに身を乗り出してくる神威さんから後ずさり、私は先ほどの言葉を言おうと口を引き締める。

「あの、ここに連れてこられた理由をお聞かせいただきたいのですが」

きっぱりとした口調を心がけながら言った私の言葉に、神威さんが首を傾げる。

「嘉月が話しませんでしたか？」

「ええ何も。ほぼ拉致《らち》されたようなものですが」

きょとんとした顔で疑問を口にする神威さん。私が食い下がると、嘉月さんはため息をついた。

「話そうとしたのですが、あまりにも彩梅さんが無知でいらっしゃるので我慢できず、つい」

嘉月さんに対して『鋭利めいた気配を柔和な微笑みが打ち消していて、物腰柔らかな人』だなんて、最初の頃に思ってしまっていた自分を殴りたい。

この人、絶対鬼畜眼鏡だ……！

いや人じゃなくてカラス、それも八咫烏というあやかしらしいけれど。

彼や翡翠さんが人の形に変化できるのは、基本的には神気溢れるこの神社の敷地内だけ。神社の外でも人の形は維持できるが、そのまま六時間経つと術が切れて、猫又と八咫烏の姿に戻ってしまうそうだ。

それ以上外でも人間の姿を維持するには、神気が入ったもの、つまり人神さまである神威さんが作ったご飯を摂《と》る必要があるらしい。もちろん今は神社内だから人の姿だ。人間の手足は作業に向いているため、普段は人の姿を好んでとっているんだとか。

早い話が、この前突然千光寺で現れた翡翠さんと嘉月さんは、途中まで猫と八咫烏の姿で私たちをつけていたのだ。それじゃ気づく訳がないよな、と私は妙に納得した気分だった。

「ふむ、どのくらいの無知だ？　嘉月」

私の無知エピソードに興味津々な神威さんに、私は意識を戻す。

「この神社の屋根は青い『瓦』なんですね、と仰ったのでその訂正を」

「なるほど、それは」

ふむ、と神威さんが私の方を振り返る。しばらくまじまじと私の顔を見つめていた彼は、眉を片方上げてはっと笑った。

そして、ざっくりと一言。

「無知ですね」

「い、いや私が知らないのもいけないんですが、そこまで追い討ちをかけられるとさすがにへこみます。勘弁して下さい……」

日本瓦は通常、神社の屋根としては使われることの少ない瓦だという。

最近は瓦屋根が使われている神社も少なくないが、それは作られた時代の流れや、建替えの予算によるものだそうだ。伝統的な神社では仏教建築との差異を意識し、あまり瓦屋根は好まれないらしい。

そうした事情を一切知らなかった私は、パッと見だけで判断して『青い瓦なんですね』と口走ってしまったのだ。

「まあ、追々《おいおい》これから覚えていけばいいですから」

神威さんがにこりと完璧な笑顔を浮かべる。普段表情の少ない彼が微笑むとそれだけで天使なのだが、それがかえって怖い。

「あ、あの『これから』って」

「実は前から、お手伝いをしてくれる巫女《みこ》さんを探しておりまして。助務――ああ、アルバイトのことですけど――やりませんか?」

「……へ?」

あっけにとられる私に、神威さんはこれまた極上の笑顔で言い放つ。

「バイト、と突然言われましても」

突然の提案に私はたじろいだ。確かに一人暮らしを始めるにあたって、今まで東京でのアルバイトで貯めてきたお金はそのうち底をつくのが目に見えている。

それにしても……塾のチューターか講師、はたまた飲食店でのアルバイト辺りを考えていたから、神社のお手伝いとなるとだいぶ想定外だ。

「自分に務まるんでしょうか」

「昼間できる時は神社で、夕方からはレストランで清掃や接客の手伝い。時給は千円。私たちももちろんおりますので、少しでも人手が増えればと願った次第です。どうでしょう、そう条件も悪くないと思うのですが」

神威さんの代わりに嘉月さんが丁寧に説明をしてくれる。

確かに悪くない。というより、むしろ業務内容と時給のバランスを考えると断然恵まれていそうだ。観光地ど真ん中のレストランやカフェのようにてんてこ舞いにはならなさそうだし、清掃の手伝いなら何とかなるかもしれない。

心が傾きかけてきた私に、発破をかけるように神威さんが眉をひそめてこう言った。

「その体質も何とかすることができるかと」

「体質、ですか？　……何の？」

「不幸体質。と、巻き込まれ体質」

前に言ったでしょう、と神威さんが肩をすくめる。私は思わず「あ」と声を上げた。

――あなた不幸に巻き込まれやすいでしょう？

初対面だというのに失礼な、と思ったことを覚えている。

「失礼な奴だな、って思ってるでしょう」

「いいえ滅相《めっそう》もない！」

図星だけれど、ぶんぶんと頭を振って私は否定。

「顔に書いてありますよ」

はあ、とため息をつきながら今度は神威さんが首を振った。

「心当たりはあると思いますが。この前仰っていたマルチ商法への勧誘、怪しげな副業への勧誘、かかってくる詐欺電話。それに、商店街で声をかけてきた男性二人組への塩対応を見るに、宗教勧誘を街頭でされることも日常茶飯事ですよね？」

「あ、あれ聞いてたんですか……⁉」

確かそのエピソードを話した時、あの場にいたのは翡翠さんと嘉月さんだけで、神威さんは店の奥へ消えていったはず。

「それはともかく置いておいて」

神威さんがモノを横にずらす動作をしてさらりと流す。

「とにかく、そこまで巻き込まれる体質の人は稀《まれ》です。慣れすぎてスルースキルは高いようですが、この先もっと付け込まれることがあるかもしれませんよ。それでも大丈夫ですか？」

「……治るもんなら何とかしたい気持ちはありますけど、それって何とかなるもんなんですか……？　私自身に何か問題があるのかと思ってたんですが」

私は思わず引き込まれて、そう返してしまった。

それくらい、私の巻き込まれ遍歴《へんれき》は確かに異常だ。あまりにそういった類《たぐい》の話が多すぎて、『本人にも問題があるのでは』といった目で見られることはもう慣れっこになっている。

『類は友を呼ぶ』といった諺《ことわざ》があるように、自分にも何か問題があるからそういう話がついて回るのだと、半ば諦めつつあったのだ。

「何か問題があるとすれば、お人好しすぎるところでしょうか。そこに、ヒトやあやかしに限らず、悪いモノは付け込んでくるものです。『他のモノ』の陰の気はそれらにとって大好物ですからね」

神威さんは険しい顔になって腕組みをする。

「忘れないでください、あなたが悪い訳じゃない。どう考えても『悪いことを吹っかけてくる側』が悪いのです。そこを転嫁《てんか》して自分を責めてはいけない。自分を顧《かえり》みるのは決して悪いことではありません。ですが、見当違いな方向に自分を責めるだけでは、それこそ悪いモノたちの思うつぼですよ」

神威さんの耳に心地よい凛とした声が、清浄な神社の境内に静かに響く。呆然とその場に固まる私の横で、嘉月さんが深く頷いていた。

「だから、あなたに人神の加護を授けましょう。この神社を手伝って下さる対価の一つとして。――信じられないのであれば、短期間であなたの意思で辞めても構いませんから」

「……分かりました、それならぜひ、よろしくお願いいたします」

お試しということですね、と私は頷く。こうして私は、ひとまずこの神社とレストランで働くことになった。

――気のせいだろうか。『短期間で、あなたの意思で』。

そう言った時、神威さんの目は心なしか寂しそうだったと、そう思うのは。

「では早速、掃除をしながらお勉強の方も」

嘉月さんがにこにこと愛想良く笑いながら眼鏡を押し上げる。気のせいか、キラリと眼鏡が光った気がした。

「拝殿の説明をしながらお掃除する方が、効率いいかもしれませんね。主《あるじ》、いかがです?」

「ああ、そうしてくれ。――しっかり励んでくれるよう頼んだぞ」

さっきまでの丁寧な物言いや物腰はどこへやら、砕けた口調で私にそう言い渡す神威さん。声色の温度も心なしか何度か下がっている気がする。

そうか、さっきまでは営業スマイル。こっちがこの人神さまの素か、と思いながら私は口を開く。

「ええと……頑張ります」

これから待ち受ける嘉月さんの長い説明を予想して、私の笑顔は引きつってしまった。神威さんは怪訝そうな一瞥《いちべつ》をこちらにちらりと寄越し、そのまま拝殿の奥へと消えて行った。

「嘉月さん」

口を開こうとする嘉月さんより早く、私は口火を切った。

「はい？」

眼鏡を押し上げて首を傾げる嘉月さんに、私はさっきから謎だった質問をぶつけた。

「私、今まであやかしを見たことなんてなかったんですけど、何で見えるんでしょうか」

「格の高いあやかしが人間に扮《ふん》して紛れ込んでいれば、それは誰にでも見えます。あとは黄昏時なら、どんなあやかしも一時的に。ただ、あなたの場合はこれからあのレストランに通って下さる訳ですから、段々と神気が馴染んできて、どんなあやかしでも見えるようになるかと」

長い説明に、私はしばし黙り込んで頭を整理する。

「つまり、ここに通えば通うほど他のあやかしも見えてくると」

「そういうことです」

嘉月さんが鷹揚《おうよう》に頷き、また再度口を開こうとした。まずい、また長い説明が始まる予感がする。

「あの」

「今度は何ですか」

「あの、ご飯を食べてもいいでしょうか……！　いきなり連れてこられたので、お腹がすいて」

今朝は、ベランダ側から窓ガラスをコッコッと叩く音で目が覚めた。外を見ると、茶色の猫（よくよく見るとふさふさの尻尾は二つに割れていた）と、カラス（三本足）がいて。寝ぼけてるんだな、もう一度寝よう。そう思ってのそのそベッドに戻ろうとすると、いつの間にやら入ってきた嘉月さんと翡翠さんに担ぎ上げられた。

『ていうか嘉月さん、飛べるんですね』

『カラスですから。短時間であれば大きくなることも可能です』

そう。担ぎ上げられた私は、人を乗せられるくらい大きなカラスの姿になった嘉月さんの背中に乗せられ、尾道の空中散歩に無理矢理参加させられたのだ。

八咫烏のあやかしである嘉月さんは、もっと大きなサイズになることもできるらしい。嘉月さんの背中から振り落とされないよう必死でしがみつきながら、これは夢だ、覚めろと目をつぶって唱えているうちに神社に着いた。そこから、寝間着のままだったから着替えろと巫女の服装を渡され、今に至る。

「……やっぱり拉致ですよね、これ」

「彩梅ちゃん、これこれ」

ぼやいている私の目の前に、翡翠さんが鞄《かばん》を掲げる。見覚えのあるそれに、私はあっと声を上げた。

「それ、私の鞄！」

「ないと不便かなって思って持ってきちゃった。怒った？」

上目遣いでこちらを窺う翡翠さん。

「……ありがとうございます」

完全に外堀を埋められかけている。私はどっと脱力して鞄を受け取り、中をゴソゴソと探った。

「あ、あるある昨日のはっさく大福」

私はぺりぺりとはっさく大福のフィルムを剥がす。

「昨日買った大福を鞄に入れっぱなし……」

「ずぼらですみませんね！」

だってこれをじっくり味わいながら、朝の街を散策しに出かけようと思ってたんだもの。

よろり、と後ろによろめく嘉月さんに言い訳すると、「主もこんな娘のどこが良いんだとかなんとか、ぼそぼそとぼやき始めた。どうやらトリップしてるみたいだからそっとしておこう。

私は掌《てのひら》の上のはっさく大福に向き直った。

見るだけでも美味しそうな八朔《はっさく》のイラストが印字されている透明なフィルムをはがすと、大ぶりの白くもちもちとした大福が転がり出る。

大きく口を開けてまずは一口。お餅と餡《あん》の滑らかさに加え、瑞々《みずみず》しい八朔のプチっと弾ける房の果汁が、口の中に広がって美味しいハーモニーを奏でる。これぞ春の味、だ。

ここで餡が甘さ控えめなのが嬉しい。酸味のある果汁とのバランスを分かってる！　と思わず私は身もだえた。

「あの、彩梅さん。怒ってます？」

気が付くと、恐る恐る嘉月さんがこちらを窺っている。

「黙って大福を口に入れながら、凄い勢いで地団太《じだんだ》を踏んでらっしゃったので」

普段柔和な笑顔を維持している嘉月さんの表情に、なんだか引いている色を感じる。どうやら美味しさに身もだえするあまり、そんなことをしていたらしい。

「あ、違うんですお構いなく」

「それは良かったです……」

ほほほほほと笑ってごまかす私と、はははとから笑いする嘉月さん。

私は努めて真顔に表情を戻しながら、手早くゴミをまとめる。巫女の服はポケットがないから、あとでまとめてきちんとゴミは捨てよう。

「そういえば聞きそびれていたのですが、なぜ彩梅さんは尾道へ？　しばらく住むのですよね？」

ごほんと咳払いをしながら、世間話に戻す嘉月さん。

「ええと……色々理由はありまして。おばあちゃんが好きな土地だったというのもあるんですけど、それ以上に興味が湧いたんです」

「ほう、興味」

「はい。尾道って調べたら色んな言い伝えとか不思議な伝承が多いんですよね」

尾道はもともと歴史のある神社仏閣が多く、『瀬戸内の小京都』と呼ばれることもある。

それに加えて、心地よい、秘密基地に迷い込んだような感覚を誘う街だからだろうか。タイムスリップをしたり、人の中身が入れ替わったりと、不思議な現象が起こる映画や作品の舞台としてよく選ばれるのだ。

「特に気になったのが千光寺の伝承で」

「千光寺の……その昔、尾道を夜毎《よごと》に照らしていたという宝玉のお話ですか？」

「はい」

私は頷く。

「昔々、その海を照らし、人々の道しるべとなっていた宝玉が異国の皇帝の耳に入り、家来を差し向けたお話です」

伝承や伝記に満ち溢れている古都京都も魅力的だけれど。それに負けないくらい魅力的な伝承が、各地にはある。

この尾道だってそう。そして私は、昔からそういった言い伝えやお話が大好きだった。だからまずは、この地から。そう考えたことも、引っ越してきた理由の一因だった。なぜだか無性に、この懐かしい空気が漂う街に、この土地に、惹《ひ》かれて仕方がなかったのだ。

ふと気付くと、嘉月さんは何かを考え込んでいた。流れる静寂の時間。

「あれ、そういえば翡翠さんは？」

私は沈黙に耐えかねて口を開く。

今朝家まで押しかけてきた嘉月さんの片割れがいつの間にかいない。私が疑問を口にすると、嘉月さんはあっさり「ああ」と頷いて、目を細めて鳥居の方を見た。

「いつもの巡回に出たんでしょう、戻ってきますよそろそろ。……ほら、噂をすれば」

す、と無駄のない動きで嘉月さんが真っすぐに鳥居の方向を指さした。私も目を凝らしてみたけれど、何も見えない。

「いや見えませんが」

「ああ、まだ人の肉眼では怪しいかもしれません。……おや、これはこれは、珍しいお客様をお連れで」

嘉月さんがさらにすっと目を細くする。じっと鳥居の方向を見ていると、見慣れない人影がとことこと、こちらに向かって歩いてくるのが見えてきた。

その後ろでは、翡翠さんが茶色い猫姿で少し距離を置いて歩いている。

「……んん、小さい男の子？」

色素が薄く、日の光に照らされると綺麗なブラウンに透けるさらさらの髪の毛。そしてぱっちりとした琥珀色《こはくいろ》の瞳。

絵本に出てくる妖精のように美しい風貌《ふうぼう》をした七歳くらいの少年が、きょろきょろと辺りを見回し、小走りで神社の鳥居をくぐった。

「かっ、かわいい……！」

境内に走り込んできた小さな来訪者に、私は思わず正直な感想を呟いた。そんな私のそばをさっと翡翠さんが横切り、拝殿の奥へと目にも留まらないくらいの早さでダッシュ。

多分、裏で人の姿に変化するのだろう。

その背中を見送っていると、男の子がぴくりと顔を上げて眉をひそめた。

「かわいいと言われるのは、あまり好きではない。わしは男じゃ」

口を開けけば、天使のように透き通ったハイトーンボイス。むすりと口をへの字に曲げながらの抗議だが、それがまたかわいい。

「ちょっとおじいちゃん口調だけど、そこもいいギャップ……」

「彩梅さん彩梅さん、心の声が出てます。彼、引いてますよ」

嘉月さんが横から私の小袖をちょいちょいと引っ張りながら、ひそひそ声で囁《ささや》く。

はっとして姿勢を正すと、男の子は呆れたような顔でこちらを見上げた。

「妙なおなごじゃのう」

怪訝そうな顔でずばりと言われると、なかなか心にどすんとくるものがある。

「まあまあ、それ以上言うと彩梅ちゃんがへこんじゃうから勘弁してやってくださいよ、お客様？」

人の姿になった翡翠さんが、先ほど消えた拝殿の奥の方から出てきた。彼は男の子の方に屈み込み、ウインクしながら自分の唇に人差し指を当てた。

翡翠さんの服装も、嘉月さんとお揃いの白い小袖に空色の袴。こちらもよく似合っていて、この神社は和装が似合う男しかいないのかと舌を巻きたくなる。

「……」

突然奥から人が出てきてびっくりしたのか、男の子は黙ってそそくさと私の背に隠れ、緋袴をきゅっとその小さな手で握りしめた。か、かわ……。

「彩梅さん？」

「分かってます、分かってます！」

かわいさがカンストしそうだが、私が心の声を表に出すよりも先に、嘉月さんから窘めるような声が飛んでくる。

私は心の声をぐっと堪えて、右側に身をよじり、着物の裾を掴んでいる男の子に話しかけた。

「ぼく、どうしたの？　こんな朝から」

「……父ちゃん仕事で家におらんから、散歩じゃ。そうしたらなんやら神々しい猫がおりなさったから、それについてったらここに着いたんじゃ。猫を鳥居の辺りで見失ってしまったんじゃが、どこじゃ？」

神々しい猫。とは、翡翠さんのことだろうか。翡翠さんの方を見ると、彼は嬉しそうな顔で首筋をかいている。

まあ確かに、普通の猫ではないから神々しく見えるでしょうね……。

「来た道、分かる？」

「わしはまだ帰らん」

私と翡翠さんと嘉月さんは顔を見合わせる。

「迷っとらんからな！　暇潰しに来ただけじゃ！」

心の内を読まれて、私は思わず首をすくめた。

「これはこれは失礼致しました」

嘉月さんがにこやかな微笑みで、男の子の背の高さまでしゃがみ込み、ぺこりと頭を下げた。温和な雰囲気に呑まれたのか、男の子のつり上がっていた眉が毒気を抜かれたようにふっと下がる。

「と、いうことで早速仕事です、彩梅さん」

「え？」

嘉月さんがこちらに向き直り、さらに鉄壁の笑顔を浮かべる。彼は翡翠さんとアイコンタクトをし合い、コクリと互いに頷いた。

「この子の面倒、夕方までよろしく！」

翡翠さんが示し合わせたように親指を立てた。

「えええええ⁉　そんないきなり⁉」

「彩梅ちゃんなら大丈夫」

すれ違いざまに翡翠さんが私の肩をポンと叩く。二人は何事もなかったのかのように箒《ほうき》を手に持ち、境内の掃除を始めた。

「ええと」

「気を使わんでもええぞ。その辺で適当に時間を潰しとる」

男の子はきっぱりとそう言い切り、てくてくと歩き始める。

そう言われても。なんだか目を離せなくて、私は彼に拒否されないよう、視界に彼が入る距離にこっそりと位置を取った。

「いやあの二人、この辺雑草だらけじゃないのよ……」

　拝殿の表は綺麗だったけれど、裏側に回るとなかなか雑草が目立つ。

　草むしりでもするか、と私は身を屈めて拝殿裏の掃除を始めた。


　――つん。

　掃除を始めて十分くらい経った頃。右肩に何かが触れて、私はびくりと振り返った。

「……気のせい？」

　葉っぱでも触れたのだろうか。立ち上がって辺りを見回すと、五メートルほど先にあの男の子が立っているのが見えた。

「どうしたの？」

　声をかけるも、男の子は微動だにせずこちらをじっと見ている。不自然なほどに。

　なんだろう、と考えてみてピンと来た。

　後ろを向いているとつつかれ、振り向くと男の子が固まっている。

　あの、有名な掛け声に乗せた遊びにそっくりだ。

「……だるまさんがころんだ？」

　私が腰を折って目線を合わせると、男の子はぱあっと顔を綻ばせた。

「当たり?」

「よう分かったのう!」

私が聞くと、彼はその場で手を叩きながらぴょこぴょこ跳ねだした。かわいい、と声高に言いたい気持ちがむくむくと頭をもたげてきたが、彼が嫌がるので我慢。

「じゃあ私とだるまさん、やりましょうか」

「え、ええんか⁉」

私が頷くと、男の子は先ほどまでのぶすりとした顔は何処《どこ》へやら、目をキラキラさせながら顔を上気させた。

ああ、年相応に素直だわ……。

微笑ましく思いながら、私は近くにある木の前に仁王立ちして振り返る。

「じゃあ私鬼ね!」

「おう!」

男の子は十メートルほど先に陣取って手をぶんぶん振ってくる。

「じゃあいくよー、だるまさんが……」

木の方に顔を伏せ、私が『ころんだ』まで言い終わる前に、トンと小さな感触が背中に伝わる。

「わしの勝ちじゃ」

「いや早くない⁉　私まだ言い終わってないんですけど！」

　あんなに距離があったのに。私の掛け声もそこまでスローで言ってないし、いくらなんでも走るの早すぎでは……。

「君、凄いじゃない」

「へへん、どんなもんじゃ」

　美少年は得意げな顔で胸を張る。ドヤ顔ですらムカつかないかわいさだ。

「お姉ちゃんも負けないからね！　リベンジよ！」

「いくらでも勝ってやるわい」

　満面の笑みで頷く男の子。

　私と彼は、それから何度も競争を繰り広げた。

「だるまさんがころ……！」

「ほい、勝ちじゃ」

　そんなやりとりを十回はしただろうか。何度やっても、舌を噛むほど早口で言っても勝てない。

「や、やるわね」

「……何をしてる、こんなところで」

　少し疲れてしゃがみ込み、二人で額の汗を拭っていると、頭上から冷ややかな声が降ってきた。

「神威さん」

綺麗な眉間に皺を刻んだ美麗な人影がそこに立っている。

「ひ、人神さまじゃ……」

さっきまで目を輝かせて走り回っていた男の子は、途端にしゅんと大人しくなり、また私の背中へと回った。

「へ、分かるの？」

男の子は突然神威さんを『人神さま』と呼んだのだ。何で知ってるの、と聞きかけて私はやめた。男の子の手が震えていたのだ。

「お前」

神威さんがそんな彼をじっと見つめ、こちらに屈みこんだ。男の子の震えがさらに増す。

私は慌てて言葉を紡いだ。

「あ、あの、二人で『だるまさんがころんだ』やってて。私がやろうって言い出したんです」

「あんたが？」

ぽかんとした顔で、神威さんが目を瞬いた。

「なんですかその反応。楽しいんですよこの遊び」

「ああなるほど、それで髪がボサボサなのか」

くくくと笑いながら、神威さんが私の頭上に手をかざす。

「ほら、アホ毛立ってるぞ、だいぶ」

「えっうそ！　確かに寝起き頭だったけど、さっきちゃんとまとめたはずなのに！」

そんなどうでもいいやりとりをし始めた私たちを、男の子はぽかんと見上げている。

「大丈夫、この人無表情だけど中身は怖くないよ」

「むっ――」

男の子に目配せしながら言った言葉に抗議して、神威さんが言葉を詰まらせる。

「あんた、さらっとひどいな」

「だって、基本的にいつも無表情か眉間にしわ寄せてるかじゃないですか。普通にしてればもの凄く綺麗なのに」

神威さんがなぜか押し黙った。言いすぎただろうか。

「人神さま、耳赤くなっとる。寒いんか？」

男の子がそろりと私の背中から進み出て、神威さんの手に恐る恐る、つんと触った。

「そ、そうだな。少し冷えたかもしれん。……俺も仲間に入れてくれるか？」

神威さんがふわりと笑う。おお、これはなかなかやっぱり破壊力が凄い。男の子も黙って目を丸くしている。

「え、ええんですか?」

うずうずとしながらも、まだ恐れ多さが消えていないのか迷っている様子の男の子。

神威さんはそのままひょいと男の子を抱き上げ、視線を合わせた。

「もちろん。皆でやれば、もっと楽しいだろう?」

「……うん! うん!」

こくこくと頷き、男の子が破顔する。微笑ましく見守っていると、神威さんが拝殿の表側に向かって声をかけた。

「嘉月、お前もじっと見てないで出てこい」

「さすが主《あるじ》。ばれましたか」

しれっとした顔で言いながら嘉月さんが出てきた。

一体いつから見ていたんだろう。きゃいきゃいやっていた私たちを物陰からじっと見ている嘉月さんを想像して、なんだか頬が緩んでしまった。

「翡翠はどうした?」

「また外へ『巡回』です」

「あいつも好きだな。まあ、好きにさせておこう。なんだかんだあいつのすることには意味がある」

二人のやりとりに、翡翠さんへの信頼が窺える。しかし『巡回』ってなんだろうか?

「ところでどうだ、お前も一緒に」

神威さんが嘉月さんを『だるまさんがころんだ』に誘う。

「僕もですか。久しぶりですね、こういう遊びは」

断るかと思いきや、嘉月さんは意外と乗り気。ぽかんとする私に彼はにこりと笑いかけた。

「では、今回は私が鬼で。彩梅さん、容赦しませんからね……？　先ほどの主とのやりとり、しかと聞いておりました。主に対して、なんという言い草……」

先ほど、と言われて私の顔からさっと血が引いた。

「すすすみません、どうかお手柔らかに……！」

それから、私たちは鬼を交代しながら何度もだるまさんがころんだを繰り返した。

走るのがやたら速い男の子と、しつこく私を狙う嘉月さんと、マイペースにしれっと隙を狙う神威さん。

「お姉ちゃん、ありがとう」

次はわしが鬼じゃ、とハイタッチで男の子と鬼を交代する間際。男の子が右手を上げながら、小さい声でそう言った。

「どういたしまして」

私は彼と、空中で手を合わせる。パンっと小気味良い音が、清浄な空気の神社にこだました。

『だるまさんがころんだ』を連戦した私たちは、青竹でできたベンチの上に座り込んで休憩していた。

「君、強いんだね」

私が汗を拭いながら笑いかけると、男の子はにかっと笑いながら手足をバタバタさせる。

「こういう鬼ごっこ系は得意なんじゃ」

「ま、そりゃそうだろうさ」

神威さんが会話に参入しながら、私に横にずれるよう手でジェスチャーをしてくる。

私が場所をずれるや否や、神威さんはずずいと私と男の子の間に握り飯を乗せた大皿を置いた。

私の拳くらいの大きさの握り飯が、十数個ほどずらりと並んでいる様は壮観だ。

「ほら、食べな。全部違う種類だけど、嫌いなものはあるか？」

そういえばすっかり『だるまさんがころんだ』に夢中だったけれど、気が付くともう正午を過ぎている。目の前にご飯を出されると、思い出したようにきゅるるとお腹が鳴った。

「わしは好き嫌いはないぞ。これ全部違う種類なんか!?」

男の子が目を輝かせながら、海苔《のり》に覆われた握り飯をじっくりと眺める。

「これは？」

早速男の子は、表面に炒《い》り卵《たまご》が混ぜこんであるおにぎりをセレクト。

「それは二色そぼろだな。外は卵そぼろ、中は鶏そぼろだ」

そして神威さんの解説を聞くなり、ぱくりと一口。私たちがじっと見守っていると、一度二度噛み締めただけで彼の頬が綻びはじめた。

「甘いふわふわ卵と、中に入っとる甘辛い鶏そぼろが混ぜ合わさって絶品じゃ！」

「聞いているだけで美味しそうですね。僕もいただきます」

嘉月さんも一つ選んで、一口齧る。

「これは……！　高菜とじゃこ、そしてごまと枝豆ですか？　こんなにもこの組み合わせが合うとは」

感銘を受けたように、嘉月さんが握り飯を頬張りながら天を仰ぐ。どうやら神威さんの料理の腕は相当らしい。

一方の私は、どう対応したらよいのか分からず、じっと握り飯を眺めていた。

「どうした」

「あの……バイト、じゃなかった、巫女の助務ってご飯もついているものなんでしょうか」

働く内容は聞いていたが、そこにご飯の話はなかった。そこまでお世話になることは考えていなくて、てっきり自分で用意してくるか、休憩時間中に外に出向いて食べてから戻ってくるものだと思っていたのだ。

そもそもアルバイト中にご飯まで面倒を見てくれるなんて、業務量の割に面倒見が良すぎる。

それに神威さんって、そもそも料理に「やる気がない」んじゃなかったのか。

「外で、一人で食べる気だったか？」

神威さんの声に底知れぬ何かを感じて、私の背中に冷や汗が流れる。

「あ、あのそこまでしていただくって何か恐縮だなと」

「恐縮なもんか。俺の目の届かないところで一人でふらふらされる方が、困る」

そっぽをむいてつんと言い放つ神威さん。なんだかその言いっぷりに、心配してくれている声音を感じて胸の奥が温かくなった。

「それに、ほっとくとあんたは食べすぎるからな。嫌だぞ、気がついたら別人になっていた、なんて」

「余計なお世話です」

ちょっと不覚にもときめいてしまった自分が憎い。

いいから好きなものを食え、と言われ、私はいそいそと握り飯を一つ取る。

「ん！　これ美味しい、おかかチーズですか？　鰹節《かつおぶし》とチーズと醤油の甘じょっぱさが凄いマッチしてるし、しっとり上品なコクがあって……いくらでもいけます」

「ああ、米油を少しだけプラスしたオイルおにぎりだな」

「ほおお、オシャレですね」

褒めちぎると神威さんはどかりと私の隣に座り込み、黙って自分も握り飯を頬張り始めた。多分香り的に、味噌焼きおにぎりだ。甘辛い味噌だれがこんがりと炙《あぶ》られた、香ばしい匂いが隣にいても伝わってくる。

なんだかこの光景、胸にこみ上げてくる懐かしさがある。この温かい雰囲気のせいかな、と私は自分と神威さんの持っているおにぎりをじっと見つめた。

「あんたな。欲しけりゃまた後で作るから、そんな物欲しそうな顔で見るな。どんだけ食う気だ」

「神威さん、そんなドン引きしたような顔で人を大食い呼ばわりしないでくれませんか」

そんな平和なやりとりをしながら、皆でわいわいと握り飯を食べる。

——ああ、人と食べるご飯って、やっぱりこんなにも美味しいものなんだな。

さわさわと、笹の擦れる音が清涼な空気をより引き立てる中。私はしみじみとそう思った。

「ご馳走さまでした！」

皆で握り飯をあらかた食べ終わって手を合わせる。

男の子がきょろきょろと忙しなく辺りを見回していた。

「ここは、いい場所じゃな。空気が澄んどる」

「お褒めにあずかり、光栄です」

嘉月さんがにこやかに笑みを浮かべ、男の子に向かって一礼。相手が小さかろうが、彼の礼儀正しさは崩れることがない。私以外に対しては。

男の子は、そのままさらさらの髪をそよ風になびかせ、じっと目を細めて神社の風景を眺めている。

歴史を感じさせるどっしりとした構えの赤い鳥居に、小ぶりながらも立派な社殿、敷地を取り囲む青々とした木々。

さっきこの神社を走り回って気付いたことだが、少し奥に入れば竹林の道だけでなく、澄んだ流水を湛《たた》えるささやかな川まであった。ぼうっと辺りを見廻してうろつくだけでも、数時間は余裕で過ごせるくらい心地のよい場所だ。

「気に入ったのなら、気が済むまでここにいるといい。よかったら晩ご飯も食べていくか？」

神威さんが腕組みをしながら男の子にそう提案する。

晩ご飯。ということは、以前行ったあのレストランで、ということだろうか？　私はちらりと、境内の中でもさらに奥にあるレストランへ続く、竹林の小道の入り口を見遣る。

さっきここでの仕事を説明してもらった時、『夕方からはレストランで清掃や接客の手伝い』と言われたけれど、具体的に何をするのかは教えてもらっていない。

ネットにもあのレストランの情報はないし、この様子だと夕方からしか開かなさそうな雰囲気だ。

一体あのお店、どんなお客さんが来るんだろう？

「……あ、あの」

つん、と男の子が私の緋袴の裾を引っ張った。そしてそのまま、曇りのない綺麗な琥珀色の瞳でじっと私を見上げる。

「お姉ちゃんも、おる？」

「もちろん！　私、ここで働いているもの」

あまりのかわいさに、私は食い気味で即答。その途端、不安そうだった男の子の顔がぱあっと明るくなった。

「そしたらわし、ここにいたい」

「なら、決まりだな」

やや早口でそう言いながら、神威さんが突然、くるりと私の方へと向き直る。

「そんでもって、あんた。ちょっと来い」

そして嘉月さんにこの男の子を頼むと言い残し、そのまま私の腕をつかんで拝殿の裏のほうへとぐいぐい引っ張っていく。神威さんの手は思いのほか力が強くて、振《ふ》り解《ほど》けない。私は訝《いぶか》しく思いながらも素直に付き従うほかなかった。

拝殿裏に着くと神威さんはぱっと手を放し、私の方に身を屈めながら低い声で言った。

「ここで働いてくれないかと提案した手前、こう言うのもあれだが……。あんたはもうちょっと、警戒した方がいい」

「警戒？」

警戒が必要なシーンが思い浮かばず、私は眉をひそめた。

男の子の世話を任されて、『だるまさんころんだ』に興じておにぎりを一緒に食べただけな気がする。どう考えても平和だ。

「ここに来る者は、皆が皆、あんたにとって安全なものとは限らないんだ。お人好しなのは悪いことじゃないが、気をつけろ。——特に、逢魔時には一人で外に出るなよ」

一人で一気に喋ってから、神威さんはふう、と大きなため息をついて黙りこくる。

「え、っとあの」

言っている意味がよく分からない、と口にしようとした矢先。私の足めがけて、ばいんと何かがぶつかってきた。

「何のお話、しとるんじゃ？」

私の服の裾にしがみつき、男の子が私と神威さんを見上げ、視線を巡らす。私がそのまま固まっていると、後ろから嘉月さんがぜいぜいと珍しく息が上がった様子で追いかけてきた。

「申し訳ございません、この子本当にすばしっこくて。あれ、どうかしましたか？」

「……まあいい。言いたいことは以上だ」

ぶっきらぼうな調子で、そろそろ通常業務に戻るぞと神威さんが背を向ける。その横顔は無表情に逆戻りで、むしろいつも以上にぴりぴりしているようにも見えて。

私は彼の謎の態度に嘉月さんと二人、顔を見合わせるしかなかった。

その後。隙あらば神社の作法について事細かに教えてくれる嘉月さんに、遊びたがる男の子に、神社の清掃に……となんだかんだてんてこ舞いで、時刻はいつの間にか十七時半を過ぎていた。

「そろそろだな」

神威さんが夕暮れに染まる空を見上げて呟く。日が落ちる間際の夕日の作る陰影が、彼の整った横顔をより引き立たせた。

「坊や、そろそろ時間だ。レストランに行く前に、一つしなければならないことがある」

神威さんが男の子の前にしゃがみ込み、目線を合わせながら言った。

「あのレストランに入るには、いつも通りの姿で入らないといけない。君そのものと向き合う場所でもあるからな」

神威さんが男の子にそう話すそばで、嘉月さんが私の隣にすっと音もなく静かに移動してくる。

「彩梅さんはご存知ですか？　『黄昏』の意味を」

「ええと……昔はその時間になると相手の顔を判別できなくて、あなたは誰ですか、という意味で『誰そ彼』と聞いてた、からですよね」

私は嘉月さんからの唐突な質問に答える。これはおばあちゃんが教えてくれたことだ。

「ええ、合っています。ただその話にはもう一つありまして」

嘉月さんは言葉を切り、頭上に広がる夕焼け空を見上げた。

「『誰そ彼』と尋ねるのは、相手を見極める防犯の意味でもあったのです。――だから、あの特別なレストランにお客様を呼び込む時はこう唱えてください」

《『誰そ彼』時に、通りゃんせ》

真っ赤な夕焼けのグラデーションが闇に落ちていく間際の時間。

神威さんと嘉月さん、二人の唱えた声が重なって静かな境内に響いた。

その直後。

私は自分の目が錯覚を起こしたのかと思って、数度目を瞬いた。

「……あれ？」

さっきまであの小さい男の子がいた場所には、抹茶色の着物に紺の帯を締めた、黄金色《こがね》の小狐が立っていたのだ。

私は言葉を失って、よろりとその小狐に近づく。

小狐の方も、てとてとと小さな歩幅でこちらに近づき、私の膝にちょんと前足を置いた。

「お姉ちゃん、わしじゃ。驚いたか？」

「う、うん、驚いた……」

さっきの男の子の瞳と同じ琥珀色の瞳。漂わせる雰囲気や佇《たたず》まいは、確かにさっきまでいたあの子のもので。

私は彼のもふもふの尻尾や、まあるい頭、ピンと立ったかわいらしい耳をじっくりと眺める。

なるほど。彼が狐なら、すばしっこいのも頷ける。何度も挑んでも勝てなかった「だるまさん」も、そりゃ勝てないよなという感じである。

「これがさっきのまじないの力です、彩梅さん。小さな男の子に化けた小狐が元に戻ったのです。『誰そ彼』は『あなたは誰ですか』の意味。その言霊《ことだま》に呼応して、答えとして元の姿が出てきます」

「な、なるほど」

嘉月さんの説明で何となく分かった。『通りゃんせ』は『お通りなさい』の意味だ。それも含めて考えてみると、『誰そ彼時に、通りゃんせ』とは『あなたの姿を現した時にお通りなさい』ということになる。

そういうまじないだったのだ。

「まあ驚くのも無理もない。だからさっき、気を付けろと言ったんだ。ここには人もあやかしも、どちらも訪れるからな」

うんうんと納得したように頷く神威さん。

でもそんな解説もそっちのけで、私はまだじっと小狐の方を見ていた。

もふもふの尻尾がパタパタと左右に揺れる。こちらを見上げるつぶらな瞳と、ちょんととんがった小さな鼻。

「かっ、かわいい……っ！」

我慢できず、つい言ってしまった。それくらいたまらないかわいさだ。

「もふもふしてもよいぞ。今日一日、遊んでくれた礼じゃ」

ほれ、と小狐がもふもふのまあるい頭をこちらに向ける。

誘惑に勝てず、私はつい手を伸ばし、その頭とうなじ、しっぽをもふもふし始めた。首をそろりと撫でると、気持ちいいのか彼はじっとしたままゆっくりと目を閉じる。まるでこたつの上で撫でられながら喉を鳴らしている猫のようだ。

「そこまで」

神威さんがひょいと小狐を私の手元から取り上げる。私と小狐が「えー」とハモると、彼はため息をつきながら小狐を地面に降ろし、すたすたと竹林の入り口へと向かっていった。

その間、終始無言の行動。このままなら置いていくぞという圧を感じる。

「あ、主《あるじ》待ってください！　ほら、あなたたちも早く早く」

私たちを急《せ》き立《た》てながら歩く嘉月さん。

振り返りもせず突き進んでいく神威さんを追って、私たちは竹林の小道を進んでいった。

夜は近づいてきているけれど、道の間には点々と、中にほのかな橙色の光を灯す灯篭《とうろう》が立っていた。竹の細かな青い葉の輪郭と、細くもまっすぐに、しっかりと立っている竹の姿がずらりと視界を覆っている様は見事だった。

綺麗じゃのう、綺麗じゃのうとぴょんぴょん跳ねる小狐と戯《たわむ》れながら歩くこと数分。

「さて、着きましたよ」

嘉月さんがどうぞと小狐の背中をそっと優しく押した。竹林の小道が途切れた先には、あの別世界のような美しい庭と、その奥のレストランが見える。

「――ようこそ、レストラン『招き猫』へ」

なんだかんだ待っていてくれた神威さんがレストランの入り口を開ける。

目を輝かせ、とてとてとレストランの中に入る小狐の後ろから、私と嘉月さんもそっと店内へ足を踏み入れた。

「では、こちらへ」

嘉月さんが小狐を、店の中央のソファーに連れていく。小狐は大喜びでふかふかのソファーにぽすんと座りこんだ。

「このソファー、ふかふかでもちもちじゃ！　気持ちええ」

「気に入っていただけたようで何よりです。ではこちらを、開いていただけますか？」

小狐に『例の黒い冊子』を手渡すと、嘉月さんはきびきびとした足取りでカウンターの裏へ。私と神威さんは、不思議そうに冊子の白紙のページをまじまじと見つめる小狐を見守る。

「これ、なんじゃ？　真っ白い」

「ああそれは、見えない者には……」

真っ白なページを見て戸惑う小狐に、カウンターの裏から嘉月さんが例のひっかけ解説をしようとする。私も「見えない者には見えない」とか言われて慌てたっけな……。

記憶を振り返っていると、神威さんが横からばっさりとコメント。

「嘉月、それもういい。そのくだりは飽きた」

「飽き……っ！」

主《あるじ》からの淡々とした一撃が効いたのか、嘉月さんは言葉を詰まらせて絶句する。にもかかわらず、手は休まずに動かし、次の瞬間にはカウンターから湯気の立つマグカップを大事そうに抱えてこちらにやってきた。

「主は本当に正直なお方だ」

ぼやきながら、コトリと小狐の前にマグカップを置く嘉月さん。

さっきまで主からの容赦ない一言に衝撃を受けていた彼の顔は、お客さんの前に飲み物を置く瞬間、普段の温和な表情に戻っていた。切り替えが早い。

「では、まずはお飲み物に柚子《ゆず》ミルクをどうぞ。牛乳に甘酒を加えて自然な甘さをプラスし、柚子の果汁と香りづけの皮を加えて爽やかな飲み口にしたものです」

説明を聞いただけでも美味しそうだ。小狐は迷うことなくマグカップをその小さな両手で大事そうに持ち上げ、柚子ミルクを一口飲む。

「美味しい！　柚子の香りが牛乳と甘酒の甘さにマッチしとる」

「それは良かった。柚子も広島名産のものですから、素晴らしくフルーティーな香りのはずです」

小狐はそれからごくごくとあっという間にマグカップを空に。そして飲み終わったマグカップをテーブルの上に置き、ソファーにぐでんと背中を預けた。

「あったかくて美味しいもの飲んだら、眠うなってきた……」

とろとろと瞼が下がりかけている顔でぽつりと一言。よく考えてみれば、変化前も後もそう大して変わらない小さな体で、私たちとだるまさんがころんだをしたり、掃除を手伝ってくれたりしていたのだから、疲れるはずだ。

ふらふらと船をこいでいた小さな頭は、やがて支える力を失い、そのままぽすんとソファーに横たわる。

「あらら。そりゃ疲れるわよね」

「嘉月、お前何か盛ったりしていないだろうな？」

あまりに素早く小狐が寝落ちしたからか、神威さんが疑わしげにマグカップを覗き込む。

「そんなことしませんよ。柑橘系に含まれるリモネンという香りにはリラックス効果がありますし、疲れているところにそうした効果のある飲み物を飲んで、眠くなってしまったのでしょう、きっと」

嘉月さんが柚子ミルクの効能を解説してくれながらマグカップを回収した。

「詳しいですね嘉月さん。それに、飲み物作るのお上手ですし」

この前出してくれたカフェオレも今まで飲んだ中で一番美味しかったし。私が思い出しながら言うと、嘉月さんは苦笑をしながら優雅に腰を折った。

「むしろ私は、飲み物しか作れないのです。食事系はめっきり下手で」

「んでもって、僕はスイーツしか作れないの」

嘉月さんの言葉のあとに、後ろの方から聞き慣れた声が参入する。私と神威さんと嘉月さんはぐるりとその声の主の方を振り返った。

「翡翠、お帰り。お前いつの間にそこにいたんだ」

「んー、ちょおっと仕込みをね」

そう言いながら、翡翠さんが神威さんを手招きし、こそこそと何か耳打ちした。

耳打ちされた神威さんは、苦い顔をして考え込んだ。

「ね、まさかここまできて作らないとか言う気じゃない……よね？」

翡翠さんが恐る恐る、不安そうな顔で神威さんの顔を覗き込む。

そして神威さんにそっと正面から向き合って、励ますように言った。

「大丈夫、彩梅ちゃんだってここにいるじゃないか」

「……ああ、そうだな。そうだったな」

神威さんは短く考え込んだ後、私の方を振り向く。いつの間にか彼の眉間の皺は消えていた。

「あんたには毒見役を頼もう」

悪戯っぽい顔で、珍しくにやりと口角を上げる神威さん。そしてそれ以上何の説明もなく、すたすたと厨房の中へ入っていく。

「いやー助かった神威がやる気になった！　はいはい、そうと決まれば早速準備！」

「ちょ、翡翠さん！」

ぐいぐいと翡翠さんに手を引っ張られ、私は厨房の中に転がり込む。

厨房の中は想像以上に広くて綺麗だった。明るいクリーム色の壁紙に、白くてつるりとした床。銀色の大きな調理用の机と、壁にかかる調理器具の数々、そしてコンロ。全てが清潔で心地よい。

だけど今の私には、その清潔さへの感動よりも先ほど言われた言葉の方が気になった。

「あ、あの、毒見役って」

毒見とは確か、誰かに出される料理が安全かどうか、実際に食べてみせて確認する係。それで意味としては合っているよなと頭の中で確認する。うん、その認識のはず。

「彩梅さん、そんな遠い目しないでください。ただの味見役です」

「ですよね。神様が命狙われる事態ってどんなんだろうとか思っちゃいました」

そんなやりとりをしている私と嘉月さんの横で、神威さんと翡翠さんが頭を寄せ合って作戦会議を始めた。

神威さんが何やら紙を見せ、翡翠さんがそれに対してうんうんと頷いている。

「よし、決まりだ。嘉月、これを買ってきてくれ」

「かしこまりました。すぐに」

礼儀正しくお辞儀をするや否や、嘉月さんは神威さんからメモを受け取り、ポンと白い煙を立てて八咫烏の姿に変化する。

そしてそのまま器用に窓を開けて、外の宵闇《よいやみ》の中へと消えていった。

「あんたは着替えて」

「は、はい！」

神威さんに言われるがままに、私はいつの間にやら翡翠さんが用意していた、風呂敷に包まれた服を受け取り、空いている小部屋へ着替えに行く。

そして風呂敷を広げて、びっくりする。

「うわ、かわいい……！」

男性陣の格好がシンプルだったから、お揃いの白黒の制服をイメージしていたのだが。中に入っていたのは、落ち着いた濃い紫色の矢羽根模様の着物と、海老茶色の袴だった。

早速着替え、私はたすき掛けした袴姿で厨房の中を探りに行く。

「おお、その袴似合ってるね」

「翡翠さん」

後ろから声をかけられ、私は食材を物色していた手を止めてそちらを振り返る。

そこには白シャツに黒エプロン姿の翡翠さんがいた。初めて見る格好だけれど、以前見た神威さんと嘉月さんの店員姿に負けず劣らず、よく似合っていた。

それにしても、満面の笑みで頷きながら見つめられているとなんとなく気恥ずかしくて、私は冷や汗をかきながら視線を彷徨《さまよ》わせた。

「翡翠、おっさんくさいぞやめろ」

ずい、と翡翠さんを横にどかしながら私の正面に神威さんが立つ。

こちらも翡翠さんと同じ服装。改めて見てもシンプルな格好なのに、モデルかと思うほど様になっている。

彼は「えー」と文句を垂れる翡翠さんをいなしながら、私に向かって指示を出した。

「あんたは天ぷらを揚げる油の準備を頼む」

「はい！」

私は背筋を伸ばして返事をひとつ。何やら分からないが、これからあの子のために天ぷらを揚げるのだろう。

ひとまずあちこちの戸棚を開けてみると、この厨房には多彩な食材があることがよく分かった。漁ってみると、調味料も様々な種類の醤油やみりん、塩、砂糖、酒が少しずつではあるが揃っている。昆布や煮干し、鰹節まであるから、出汁も作れそうだ。

「ねえねえ、僕は僕は？」

調味料の豊富さに唸っている私の後ろで、翡翠さんが神威さんに弾んだ声でそう問いかけるのが聞こえる。

「翡翠は……マドレーヌ食べてろ。食べ終わったら小狐の様子見ててくれ」

「はあい」

翡翠さんも嘉月さん同様に、白い煙を立てて猫又の姿に変化。愛らしくふわふわなブラウンの毛並みと二尾を惜しげもなく晒しながら、彼はその姿のまま厨房のテーブルに置いてあったマドレーヌをくわえ、てけてけと厨房を出ていった。

「僕も手伝いたかったな……」と呟きながら。

「あの、神威さん。翡翠さんの背中、哀愁《あいしゅう》漂ってますけど……」

天ぷら油を発掘した私は、今度は深めのフライパンを探しつつ言う。昔ながらの立派な天ぷら鍋もあるけれど、お客さんは一人。油も無駄になってしまうし、天ぷら鍋でなくともフライパンで美味しく天ぷらは作れるはずだ。

「いいんだあれで。翡翠はスイーツ以外の料理となると物凄い料理音痴でな。わざわざ猫又の姿に変化したのも、かわいさを狙ってのあざとい行動だ。放っておけ」

ほれ、と私が探していたそのもののフライパンを手渡しながら神威さんがぼやいた。

「そ、そういうものですか」

「それよりも、あんたやっぱりできるな。天ぷら鍋があると分かった上で、代用のフライパンを探してたろ。普通の天ぷら鍋だと油を随分使うからな」

「『できる』かは分かりませんが、実際今日はフライパンの底から二センチくらいの油で足りますか？　いつも私はそんな感じで作ってたんですが、それで味が再現できるかは分からなくて」

私の言葉に神威さんは「ああ」と頷き、ふわりと笑った。その笑顔を見ながら、私は違和感に首を傾げる。

「あの、『やっぱりできるな』ってどういうことですか……？」

私、料理をするなんて話をこれまでにしただろうか。

確かにおばあちゃんの家に行く度に食事処の手伝いはしていたし、父が亡くなって以来母と二人暮らしの中、一人きりで食事を作ることは日常茶飯事だったけれど。

あくまでもそれは身内での腕前であって、人に話せるほど料理ができるとは思っていない。だから、自分から言い出すはずがないのだ。

「あ、ああ。聞いていた通りだなって思ってな」

少し口ごもりながら、神威さんが油の様子を見る。

「え？」

「あんたのおばあさんが、神社に参拝に来てくれる度に言っていたんだ。孫は料理の筋がいい、と」

そういえば、この人はヒトでありながら神様だった。当然、地元の人や参拝客のことも把握していておかしくはない。

なるほど、と思うと同時に私は赤面した。

「いやおばあちゃんに褒められるほど上手くは」

それはとんだ孫バカってやつだよおばあちゃん、と私は頭の中で思わず呟く。

一人で食事処を切り盛りしていたおばあちゃんの腕には到底及ばない。

それに今の天ぷら油の話だって、今まで母との二人暮らしでそこまで油を大量に使うほど贅沢な生活はしていなかったから、いつもの節約癖が出てしまっただけのことだ。なんだかハードルが上がってしまっている。

「ま、それは今後のお手並み拝見だな。まずは少し手伝ってくれると助かる。……人間一人だと、たまにこの味でいいのか分からなくなることがあってな。嘉月と翡翠は俺に気を使うから、忌憚《きたん》なく感想をくれる奴を探してたんだ」

「……分かりました。お邪魔にならない程度にお手伝いしますね」

そんなやりとりをしていると、窓からバサバサと物音が響き、八咫烏姿の嘉月さんが帰還した。ビニール袋を三本足にそれぞれ引っ提げている。

「買ってきましたよ。エビとお揚げ」

そして、嘉月さんはポンとレストランの店員スタイルに変化した。その拍子にヒラリとメモが私の足元に落ちる。

メモを開いてみると、流麗な筆跡で買い物リストが書いてあった。神威さんが書いたみたい。一体どこまでこの人は完璧なんだろうか……。

「ありがとう、助かった」

神威さんがほっとしたように言うと、嘉月さんは得意げな顔で胸を張る。

「眷属として、主のためなら何なりと」

「いやそこまで宣誓《せんせい》しなくてもいい。自分の身は大事にしろ」

神威さんは、優しいんだかクールなんだかよく分からない返事をした。そして部屋の角にどでんとそびえ立つ巨大冷蔵庫から、透明な保存袋に入れられた白い塊を出し、テーブルの上に鎮座させる。

「まずはそうだな……揚げと出汁《だし》の準備だ。うどんの出汁は俺がやるから、油揚げの方を頼む。冷蔵庫の中に作り置きの鰹出汁があるから、それと油揚げと薄口醤油、それから砂糖の準備を」

「はい！」

私と嘉月さんは言われるがままにサッと食材と調味料を準備。なんせ、神様の神威さん以外はレシピを知らないのだ。これから何が作られるのか、少しワクワクする。

鍋に湯を沸かし、七センチ四方ほどの正方形の油揚げを入れ、箸で軽く押さえて三分ほど。それをざる上げして水にとり、両手で挟むようにしてぎゅっと水気をしぼり出す。

続いてさっきの調味料を混ぜた鰹出汁に、その油揚げをとぷんと投入し、沸いてきたら落し蓋を。そうしたら弱火にし、じっくり揚げを炊いていくのだ。その横で並行して、彼はうどん出汁の準備をしていく。

神威さんの淀みのない綺麗な調理の手つきに私の目は奪われた。

「この後、エビの天ぷら」

「は、はい！」

さっき冷蔵庫を漁っていたら、確か冷やされた小麦粉、水、卵があったはず。天ぷらの衣の三大要素だ。取り出していると、神威さんからすかさず指示が飛ぶ。

「卵と水を先に、その後小麦粉を投入して混ぜてくれ。あんまり混ぜすぎると衣がボテッとするから、軽くでいい。カラッとサクッと、の食感を目指す。嘉月は別の鍋に湯をたっぷり沸かしといて」

「分かりました！」

私は卵と水を先に混ぜ、さらに小麦粉を軽く混ぜてから、油が熱されるのを待つ神威さんの手元にそっと置いた。

「いやカラッとサクッと、で分かるんですか」

具体的なことが何も分かりませんが、とぼやく嘉月さんに、私は材料を混ぜながら解説する。

「小麦粉って、混ぜすぎると粘りの成分がたくさん出てきてしまうから『軽くでいい』ってことです。粘りが出てしまうと天ぷら自体が重たい食感になるけど、サラサラめの衣だとサクッとカラッとした天ぷらが揚がるらしいです」

「へえ。彩梅さん、よくご存じですね」

「私のはおばあちゃんの受け売りですから、ズルですけどね」

「ズルじゃないでしょう。ちゃんと身についているのですから、それはもうあなた自身の知識ですよ」

真顔で褒められて、なんだか気恥ずかしい。私は小さく「……ありがとうございます」と言いながら、立派な車エビにさっと衣をつけた。

「よし。そろそろだな」

神威さんは深めのフライパンに二センチほど満たされた油の中に、衣を垂らす。一度沈んですぐさま浮かんでくるかを確認したら、一尾ごとに一呼吸置き、丁寧に温度チェックをしながらエビの天ぷらを揚げていく。

「食べてみて」

「え、いいんですか」

小皿の上に乗せられた、揚げたてのエビの天ぷらを前に、じゅわりと唾が湧く。そんな私を見て、天ぷらを差し出しながら神威さんがこっくり頷いた。

お言葉に甘えて一つ、口の中へ。先の方から食べ始めた途端、サクリと小気味いい衣の食感の後に身がむっちり詰まったプリプリのエビが口の中で弾けた。

同時に、じゅわっと広がるエビの旨味と優しい衣の味。

「お、美味しい……っ！」

「そりゃ良かった。あんたは本当に、美味《うま》そうに食べるな」

ふ、とささやかな笑みを唇の端に浮かべて神威さんが呟く。それとほぼ同時に、その後ろの方の視界の隅で、嘉月さんがよろりとよろめくのが見えた。

「……なんてことだ」

何かをぶつぶつ言っているけれど、よく聞こえない。

「どうした嘉月、お前も食うか？」

「い、いえ私は……、やっぱり私も食べたいです」

「いいぞ、ほら」

神威さんが手渡したエビの天ぷらの皿を持った嘉月さんは、目を丸くしながら「ありがとうございます」となぜか私にまでお礼を言ってきた。相当嬉しいみたい。

神威さんはそのまま素早く、一番初めにテーブルの上に置いた袋の中の白い塊を、嘉月さんが沸かしていたたっぷりのお湯の中に投入し、箸でかき混ぜながら茹で始めた。

「あんたはこれ頼む。十二分くらいだな」

「かしこまりました！」

指示をもらって鍋を私が覗き込むと、中には白くて太めのモチモチ麺が。

　神威さんは私の横で真剣な顔をしながら、同時にとてつもない手際の良さで、出汁にてきぱきと残りの処理をしていく。私と嘉月さんが手伝いつつ見守るうちに、彼はあっというまにその『うどん』を完成させた。

「坊や、起きてるか？」

　出来上がったうどんの器をレストランのソファー席に持っていくと、神威さんの声に反応して小狐がぴくりと瞼を開けた。

　同時に、小狐を猫又の姿で見守っていた翡翠さんが、てけてけと厨房の方へ戻っていく。きっと小狐を驚かさないように、裏で人間の姿に変化するのだろう。

　小狐は覚めたばかりのとろんとした目をテーブルに向けたかと思うと、次の瞬間、はっとその目を見開いた。

「こ、これは……」

　呆然とした顔で私たちの顔を見回してから、小狐は目の前に置かれた器の中身をじっと見つめる。

　視線の先の深めのどんぶり器の中には、黄金色の出汁にひたひたに浸された、見るからに歯ごたえがしっかりとしていそうな、ボリューミーなもちもちのうどん、そして出汁をたっぷり吸い込んだふかふかの油揚げ。

　極めつけに、車エビのサクサク天ぷらが二尾載っているスペシャルなうどんがそこにはあった。

「わがままうどん、じゃ。なんでここに」

信じられない、といった顔つきでうどんを見つめる小狐の後ろで、私と嘉月さん、神威さんはこっそりと目配せをし合った。

ぽかんとうどんを見つめた小狐は、そのままふらふらと何も言わずにお箸に手を伸ばし……まずは一口、うどんの上に載った油揚げをぱくんと食べた。

そしてぴたりと一瞬、動きを止める。その瞬間に少しだけ神威さんが静かに身じろぎをしたけれど、小狐はそのままエビの天ぷらの片方にも箸をのばし、さらに間髪《かんはつ》容《い》れずにうどんをちゅるちゅると啜《すす》り始めた。

「どうだ？」

神威さんが小狐の座っているソファーまで静かに近づき、その目線の高さまで屈み込む。

小狐は少しだけぴくりと肩を震わせて、こわごわと神威さんの目を覗き込んだ。

「これ、人神さまが作ってくれたんか？」

「そうですよ。神威さまは、この場所に訪れた人が『探している』思い出のメニューを作ることができるのです」

「探してる、思い出……」

小狐は嘉月さんの言葉を聞いて、何かを考え込んだ。そしてまた油揚げ、ぷりぷりの車エビの天ぷら、うどんと、もう一周どんぶりの中身を食べた。じっくりと口の中のものを噛み、飲み込んだ後そのままうどんのスープを豪快に啜る。

心地よい食べっぷりを見ていると、相当気に入ったみたいだ。

「これ、昔父ちゃんが作ってくれたうどんと一緒じゃ。甘くてしみしみでふかふかの油揚げに、サクッと揚げたエビの天ぷらがスープを程よく吸ってぷわっぷわで……。うどんも太めでもちもちのやつじゃ」

聞いているだけで美味しそうな、このうどん。先ほど小狐が『わがままうどんじゃ』といったこのうどんは、昔彼のお父さんが作ったものだったらしい。

「お父さんの、うどんなの？」

「そうじゃ。わしの父ちゃんは、うどん屋をやっとる」

小狐は、食べていた油揚げを見つめながら私の質問にぽつりと答える。そのうつむき加減の横顔はどこか寂しげだった。いつもはピンと立っている耳がしゅんと垂れて、ぽわぽわの尻尾もくたりと力なくソファーに横たわっている。

「父ちゃんは凄いんじゃ。わしが生まれてすぐに母ちゃんが亡くなってしまってから、男手一つでわしを育ててくれとる。忙しく働いてるのもわしのためなんじゃ。だから……」

小狐はその後ぷっつりと黙り込んでしまったけれど、何となく分かってしまったかもしれない。

だから、彼に対して出てきた思い出の『魔法のメニュー』は、『わがままうどん』だったのだと。『分かる』なんて軽々しくは言えないけれど、私にもひとかけら、身に覚えのあることがあったから。

きっと、多分だけれど――答えの帰ってこない『ただいま』を、誰もいない家に語り掛けるのは、とても寂しいことだから。

「だから、わがまま、か」

神威さんが呟きながら、小狐の目をじっと見つめ、普段よりもいくらか優しい声音で語り掛ける。

「ここではわがまま、言っていいんだぞ。ここはいわば招待制のレストラン。今日はお前が主役だ」

「わがまま……」

神威さんの言葉に励まされるように、ぽつりぽつりと小狐は話し始めた。

「……このうどんな。わしが小さい頃、仕事から遅く帰って来た父ちゃんに、無理言って作ってもらったもんなんじゃ。きつねうどんや天ぷらうどんはあっても、両方の具を載せたうどんは手間もかかるし、なかなかないじゃろ？　でもわしはその二つをいっぺんに食べてみたくて、仕事から帰ってきた父ちゃんに『何が食べたい』って聞かれて、リクエストしたんじゃ。……まさかあんなにくたくたに疲れ切っとるのに、本当に作ってくれるなんて思わんかった。店には出ない、わしだけの……わしの家だけの……」

話しているうちにその時の心境を鮮明に思い出してきたのか、小狐の目がうるうると水を溜め始める。

「分かっとるんじゃ。わしがわがまま言《ゆ》うたらいけんかったって。父ちゃんが疲れてしまう、父ちゃんが困る。他の家族と比べて羨《うらや》ましがるのも間違っとる……じゃけど、たまに思ってしまう自分が嫌じゃ。なんでうちには、いつも父ちゃんがおらんのじゃ、なんでわしはひとりぼっちで家におるんじゃって……」

すすり泣きがだんだんと大粒の涙に変わり、小狐は小さい身体を震わせて泣き出した。

まだこんな小さな体であっても、色々と考え詰めていたのだろう。

そう言えば、彼はここに来て『まだ帰らんぞ』以外、一度もわがままを言っていなかった。だるまさんがころんだ遊びだって私の方から誘ったし、レストランに来てからも、一度も好き嫌いなど言っていない。神威さんのご飯が美味しすぎるせいも絶対にあるけれど。

「……ねえ、僕」

私は思わず、小狐の方に身を屈める。彼は涙に濡れた顔のまま、私を見上げた。

「『何々が羨ましい』って、そう思うのって、絶対に悪いことじゃないよ。だってどうしても思っちゃうもの、誰だって。だからさ、ひとしきり羨んで疲れたら……いつでもまた私と一緒に『だるまさんがころんだ』をやろうよ。君さえ良ければ、だけど」

「……ほんとに？　やってくれる？」

「もちろん」

さっきの『だるまさんがころんだ』をやっている時の彼は、本当に楽しそうだったから。あんな笑顔が見られるなら、お安い御用だ。

「それにね、わがままもたまには言っていいと思うよ。そりゃ、度を超したのはなかなか困っちゃうけど……君の様子見てると、たぶん全然大丈夫。逆に自分のことより人のことばっかり心配しちゃってて、こっちが心配になるくらい。ずっと溜め込むと、私みたいにいつか後悔する。欲しいものは、言える時に欲しいって言った方がいいよ。きっと」

「……お姉ちゃん、後悔したん？」

ぽかんと小狐が私の顔を見上げる。神威さんと嘉月さんと、ついでにいつの間にか人間の姿に変化して戻ってきた翡翠さんの視線も感じた。

「うん。それで、一人でここまで来ちゃったのよ」

私がおばあちゃんの住んでいたこの地に越してきた理由の一つ。昔の私は素直に言えなかったから、この子には後悔しない道を選んでほしかった。

「だからね……君は今、一番なんの『わがまま』が言いたい？」

私が問いかけると、小狐はうどんのどんぶりをじっと見つめた後、顔を上げて震える声でこう言った。

「――わしは、父ちゃんと一緒にご飯が食べたい」と。

「お父さん、かあ」

声が響き、私はその方向に顔を向けた。顎に手をかけて考え込んでいるのは翡翠さんだ。

「わっ！」

翡翠さんに気付いていなかったのか、小狐はぴょんと跳び上がり、そのまま着地に失敗してソファーから転げ落ちた。

「だ、大丈夫⁉」

「ごめん、驚かせちゃったな」

あまりに凄い転げ落ちっぷりだったため、慌てて手を差し伸べる私と、頬をポリポリとかく翡翠さん。

「翡翠くんは神出鬼没ですし、動く時もあまり物音立てませんからねえ」

「まさしく猫だな」

そして肩をすくめる嘉月さんと、うんうんと頷く神威さん。二人の会話を聞いて、私にしがみつきながら体勢を立て直した小狐が目を見開く。

「ね、猫？」

そういえばこの子、翡翠さんが自分を神社へ連れてきた猫だって知らないんだった。

説明しようと口を開きかけた時、レストランの扉がもの凄い勢いでバタンと開いた。チリンチリンと、扉の鈴が慌ただしい音を奏でる。

「あの、ここに息子が……！　弥彦《やひこ》が、お世話になっていると聞いたのですが」

「ああ、いらっしゃいませ」

神威さんと翡翠さんがぺこりとその声の主にお辞儀をし、私と嘉月さんもそれにならう。

「と、父ちゃん⁉」

小狐が飛び上がり、大急ぎで扉の前にいる『狐』に駆け寄った。

そこには私の背と同じくらいの背丈の、紺の着物に抹茶色の帯を締めた狐が小狐同様、二本足で立っていたのだ。大急ぎで来たのか、かけているモノクルのメガネがずり落ちている。

「弥彦！　ああ、よかった」

「と、父ちゃん仕事は？　なんでわしの場所が分かったんじゃ？」

「さっき神様のお使いがきて、弥彦がここにいるって教えてくださったんだよ。あの、先ほどはありがとうございました」

弥彦と呼ばれた小狐のお父さんが、後半の言葉と共に私たちの方へ頭を下げる。

そうか、きっと神様のお使いは翡翠さんのことだ。さっきいなかったのも、お父さんに弥彦くんのことを知らせるためだったんだと私は納得する。

「ご、ごめんなさい……」

「ん？　どうして謝るんだ？」

しゅんと耳を垂れた弥彦くんの顔を狐のお父さんが覗き込む。弥彦くんはもじもじと、自分のしっぽをもふもふ触りながら言った。

「だって、わしのせいで父ちゃん仕事切り上げてきたんじゃろ」

お父さん狐はぱちくりと目を瞬かせた後に、ははは と声を上げて笑い出した。

「なんだ、そんなこと気にしてたのか。弥彦のせいなんかじゃないよ」

そう言いながら、お父さん狐が弥彦くんの食べかけのうどんに目を留め、すっと目を細めた。

「これは、『甘やかしうどん』じゃないか。そうか、そうか……」

甘やかしうどん？　と、私と神威さんと嘉月さんと翡翠さんは顔を見合わせる。このうどんを、弥彦くんは『わがまま』うどんと言い、お父さん狐は『甘やかし』うどんと言う。はて、どうして呼び方が違うのだろうと私が考え込んだ時。神威さんが隣でぽつりと「なるほど」と呟いた。

「そういえば、めっきり父ちゃんに頼み事なんてしなくなったものなあ。そうか、そうかごめんな……」

お父さん狐がそう言って、弥彦くんの頭を優しくそっと撫でた。

「……？　どういうことじゃ、父ちゃん」

「弥彦、ここがどういう場所か知っているかい」

「さっき聞いたぞ。探している思い出のメニューを出してくれる場所じゃって」

「その通り。だけど、入るのに条件があるんだ」

ぽかんとしている弥彦くんを前に、お父さん狐がくるりとこちらを振り返った。

「そうですよね？　私が入れたことはないのですが、ご評判はよく伺っております」

確かめるようにそう言ったお父さん狐に、神威さんは頷いた。

「ええ、この場所に入るには条件が要ります。この場所まで来られるのは……」

「『負の気』が一際《ひときわ》強く、何かを『探し求める』モノだけ。僕が神威の眷属になってからは、僕が連れてくる役を担ってる。その方が早く対処できるし、僕が一番、鼻が利《き》くからね」

神威さんの言葉を、途中から翡翠さんが引き継いで答える。事情が分かっていない私と弥彦くんはぽかんとして、顔を見合わせた。

ということは、私も『負の気』とやらが強かったということだ。

思い返してみれば、確かにあの時の私はとてつもなく落ち込んでいた。あの白い猫に翡翠さんのところまで案内されたようなものだし、翡翠さんと一緒に神社に入ったし、翡翠さんの猫姿みたいな茶色の猫も結構目撃していた気がする……。

「そう。息子さんは、『わがまま』を忘れていたのです」

立ち話もなんですしどうぞおかけください、と神威さんが優雅な仕草でソファーを指さした。

「弥彦、といったな」

神威さんが屈み込んでそう聞くと、お父さん狐と並んでソファーに座った弥彦くんは「うん」と頷く。

「君はそのうどんを『わがままうどん』と呼んでいたけど、お父上は『甘やかしうどん』と言っていた。この違いが、分かるか？」

「……ううん。父ちゃんがこのうどんをそう呼んでたの、初めて知った」

「それはな、お父上が君の言葉を『わがまま』だとは思ってないからだ。そうですよね？」

神威さんがすっと背筋を伸ばしてお父さん狐に話しかける。お父さん狐は「人神さまの仰る通りです」と頷いた。

「ここ数年、めっきり頼んでこなくなったと思ってたけど……飽きたとかじゃなく、遠慮してたんだな」

「だ、だってこれ手間かかるじゃろ、普段仕事で疲れてる父ちゃんに無理させる訳にはいかん……だから」

だから。きっと弥彦くんは本当に言いたい気持ちを呑み込んで、封じ込めて、外で仕事を頑張っているお父さんを思いながら独りで家にいたのだ。

『わがまま』を言いたい気持ちに蓋をして。『わがまま』を言える自分をすっかり忘れて。そうして色んなことを溜め込んでしまって、神威さんたちが言うところの『負の気』も抱えてしまったのだろう。

「これは『わがまま』うどんじゃない。父ちゃんがかわいい息子のリクエストに答える、嬉しい『甘やかし』うどんなんだよ。嬉しかったんだぞ、『ああ、それくらい父ちゃんの料理、美味しいって思ってくれるんだな』って。それに、エビ天ぷらと油揚げ両方載っける組み合わせ、我が息子ながら良いセンスだと思うぞ」

そう言いながら、お父さん狐が弥彦くんを横からハグして頬ずりをした。もふもふ同士の競演がかわいすぎて、とんでもない癒《いや》しの空間がそこに出現している。

「……なあ父ちゃん、そしたらわし、わがまま言ってもいい？」

「いいぞ！」

ぴょこぴょこと尻尾を振る狐の親子。

弥彦くんは照れくさそうに足をパタパタさせながら言った。

「わしは、父ちゃんとご飯が食べたい。それから……」

そして軽やかにソファーから飛び降り、とてとてと私たちの方に走ってくる。私の袴のすそをぎゅっとつかんで、彼は私と神威さん、嘉月さん、翡翠さんを見回した。

「この神社の人たちともご飯食べたい。神様も一緒に。昼間、凄く楽しかったから」

「もちろん！」

おずおずとお願いをする弥彦くんに私が背を屈めながら答えると、神威さんも「……いいぞ」と呟いた。心なしか、口元がいつもより優しい。

「むしろ、ご一緒してよいのでしょうか」

「やったー！　美味しいご飯食べよー！」

恐縮する嘉月さんと、美味しいものを期待して目を輝かせる翡翠さん。

「皆さんありがとうございます。あの、お礼といっても足りるか分かりませんが、よろしければこれを」

弥彦くんのお父さんがしずしずと持ってきた風呂敷包みを広げ、私たちの前に掲げる。

そこには山盛りの、出来たてで甘い香りを放つ、見るからに美味しそうな油揚げがあった。

「これはこれは……いいんですか？」

神威さんが目を瞬かせながら言った。その反応に、お父さん狐はこくこくと頷く。

「もちろん。息子がお世話になったお礼です。足りればよいのですが」

「十分です。これでいなり寿司をたくさん作れます」

ありがとう、と山盛りの油揚げを受け取った神威さんは、私たちの方を振り向いてこう言った。

「すぐ作って戻るから、みんなそれぞれ準備を頼む。お客様はゆっくりしていてください」

そう言ってすたすたと厨房へ向かう神威さん。

「じゃあ僕はいなり寿司に合うお茶を」

「昼間に尾道みかんのゼリー作ったから、持ってくる！」

それぞれ飲み物とスイーツを用意しに行く嘉月さんと翡翠さん。

残された私は食器でも準備するかと立ち上がると、弥彦くんが私の袴を軽く引っ張った。

「お姉ちゃん、ありがとう」

「私は何もできてないけど……でも、どういたしまして」

「そんなことありませんよ。本当に弥彦がお世話になりました。……気に敏感な弥彦が懐くのも分かります、あなたはとても良い気をお持ちだ」

弥彦くんのお父さんの言葉に、どういう意味か聞き返そうとした時。

「お待たせしました！　温かいお飲み物をどうぞ」

嘉月さんがお盆の上に六つ、湯呑みを載せて現れる。

「尾道はお茶も有名ですからね」

そう言って嘉月さんがコトリと置いてくれた湯呑みには、淡い緑色の緑茶が静かに揺蕩《たゆた》っていた。濃いめに淹れられているが、飲むと香味がすっと喉を通り抜けて後味が良い。

「おお、これは美味しい」

お父さん狐がほう、とため息をついて目を細める。「どうやったらこんなに美味しく淹れられるんだろうな」と呟くお父さん狐に、嘉月さんが「では一緒に淹れてみます？」などと持ち掛けている。この二人は相性が良いみたいだ。

それからしばらく、嘉月さんとお父さん狐がお茶の淹れ方を実演してみたり、私と弥彦くんが食器を準備したりしている間に、神威さんが戻ってきた。

「わあ、凄い……！」

思わず一同で声を揃えて歓声を上げた。昼間のおにぎりよろしく、それはそれは色々なレパートリーのいなり寿司がずらりと数十個、大皿の上に載せられている。

シンプルないなり寿司の他に、袋を閉じずにエビのおぼろが載っているもの、小さなエビと錦糸卵と枝豆がかわいらしく載っているもの、ゆずとゴマのいなり寿司、紅しょうがとたくあんのいなり寿司……。

種類豊富な寿司が、これでもかというくらい美味しそうな存在感を放っている。

「いなり寿司パーティーだ！　いただきます！」

翡翠さんが早速手を合わせ、私たちもテーブルを囲んで全員ソファーに座って、彼にならっていなり寿司を食べ出す。

「ああ、これは尾道いなりですね。美味しい」

弥彦くんのお父さんが、エビのおぼろが載ったいなり寿司を食べながらその美味しさに唸る。

私も食べてみると、味付けされた人参やしいたけやごぼうが甘さ控えめの酢飯に混ぜ込まれ、上に載ったエビのおぼろの甘さも相まって絶妙なハーモニーを奏でていた。

「この地域はいなり寿司とも縁が深いですからね。ラーメン屋さんでも、いなり寿司をセット売りしたりしますよ」

「えっ、そうなの？　ラーメンにいなり寿司って美味しいの？」

嘉月さんの言葉にぴょんと飛び跳ねて反応する弥彦くん。

「美味しいよ！　ラーメンの醤油味といなり寿司の甘じょっぱさがよく合うんだ」

「翡翠はよく食べに行ってるもんな。……ちゃんと帰ってこいよ」

尾道ラーメンといなり寿司の相性について力説しだす翡翠さんと、やんわり心配する神威さんと。

こうやってみんなで囲む食卓は、きっとどんな高級なご飯にも負けないくらい、美味しいものなんだと思う。

「弥彦くん、元気になりました？」

わいわいとご飯を食べている途中、私がそっと、『負の気』が分かると言った翡翠さんに尋ねる。

「ああ、良い『気』になったよ」

翡翠さんはふっと目を細め、いなり寿司からしばし口を離して、みんなをそっと見回しながらそう言った。

「そっか……良かった」

願わくは、弥彦くんのこの先がずっと幸せなものでありますように。

私はそう願いながら、いなり寿司をまた一口頬張った。

第三章　雨童《あめわらし》と『長月《ながつき》』

その日は、朝から雨だった。

それも普通の雨ではなく、空は晴れているのに降る雨。いわば、『天気雨』だ。

「朝から雨だと、なんだかなぁ」

春になりかけとはいってもまだ三月。雨が降れば滴《しずく》は冷たく体に突き刺さり、気温も一気に下がる。傘をさしながら境内の掃除をしているもののやはり雨は防ぎきれず、滴の当たった身体がぶるりと震えた。

「彩梅ちゃん、風邪ひくからこれ羽織りなよ」

「あ、ありがとうございます」

翡翠さんが差し出してくれた淡いクリーム色のブランケットを受け取る。ほっこりとした温かさが直に伝わってきて、私はいそいそとブランケットを羽織った。

「これあったかいですね」

「神威がね、さっきまで湯たんぽでくるんであっためてたんだ。直接渡せばいいのにね」

神威さんがいる拝殿の方を顎でしゃくりながら、翡翠さんが苦笑した。そう言う翡翠さんもブランケットを羽織っている。

私は「お礼、言わないとですね」と答えて、そっとブランケットを首の方まですっぽり寄せた。さっきまで寒かったのが嘘みたいだ。

最初こそ「何だろうこの人」という認識だったが、憎まれ口を叩いておきながら、何だかんだ、ふとしたところに優しさが滲《にじ》み出てしまうのが神威さんだ。

それを最近じわじわと実感しつつある。一人で湯たんぽを使ってブランケットを温めている神威さんを想像すると、頬が緩んだ。なんだかかわいいかもしれない。

暖かい布地にぬくぬくとくるまりながら掃除を再開していると、翡翠さんが雨を眺めながらぽつりと言った。

「朝からずっと、『狐の嫁入り』だね」

「そうですね。意外と止《や》まないなあ……」

狐の嫁入りとは、日が照りながら小雨が降る天気のことだ。日本では奇妙な現象を『狐に化かされた』と捉える話も多く、「空は晴れているのに雨が降っているなんて、狐が化かしたみたいだ」と思われたことからその呼ばれ方になったとか。

翡翠さんは雨をぼんやりと見上げながら、何かに目を凝らすように目を細めていた。

「狐と言えば、あの弥彦くん」

私たちの背後から、嘉月さんも会話に加わってくる。

「お父さんのうどんの屋台を一緒に手伝うようになったみたいですよ。いなり寿司とかも作ってるそうで」

「え、弥彦くんが作ってるんですか⁉　食べてみたいです」

いち早く反応した私に、嘉月さんは「相変わらず食い意地が張ってますね」と言いながら微笑む。やっぱり手厳しい。

「いいよ、今度行こうか。かくりよの世界になるから、僕たちと一緒に」

そう言った直後。翡翠さんはにっこりと笑ったのも束の間、急に真剣な顔になって鳥居の方に目を向ける。

「……そう、僕たちと一緒にね。人間は、攫われていってしまわないようにしないと」

攫われていって、しまわないように。その言葉、どこかで聞き覚えがある。

一体どこで聞いたんだっけと首をひねっていると、翡翠さんが表情を硬くしたまま、珍しく焦った声音で神威さんを呼んだ。

「神威！　来たよ、彼女だ！」

呼ばれるや否や、神威さんが拝殿の奥から出てきた。むっつりと眉根に皺を寄せ、どこか不安げな表情で彼は口を開く。

「代々の資料に書いてあったあやかしか。聞いていたより早いな。時期が違うぞ」

相変わらず、白い小袖に濃い紫の袴の和装が羨ましいほど似合う。彼はぴんと姿勢を正し、緋色の和傘を差しながら鳥居の方まで歩いていった。

「あの、来たって、誰が？」

私が問いかけると、翡翠さんと嘉月さんが同時に「しっ」っと言いながら私の前に立った。

「そうだねえ、知っておいた方がいいかな……」

そしてその布陣のまま、翡翠さんが私の方に顔だけ振り返ってみせた。

「雨童《あめわらし》だよ。雨を司《つかさど》る、あやかしの中でも最高位の層に属するあやかしだ」

止まない狐の嫁入り雨の中。藍色の和傘をくるりと回して、鳥居を潜ったその『あやかし』が、傘の前方を持ち上げ、顔を見せる。

『雨童』と呼ばれたあやかしは、それはそれは綺麗な深い蒼い目をした、黒髪の美女だった。

「これはこれは」

雨童が形の良い真紅の唇を開くと、艶《つや》めいた美声が響いた。声の質感がなんだかしっとりしている。

鳥居の下で交わされる会話がここまで聞こえてきて、私たちは息をひそめて成り行きを見守った。

「相変わらずこの一族は人間ながら、みな美しいのう……ああ、お前たちはこう言われるのは好かんかったか」

「……いえ、光栄です。はじめまして、神威と申します」

神威さんがすっとお辞儀をし、元の姿勢に戻るその瞬間。雨童は自分の傘を閉じ、神威さんの傘の中にするりと入り込んだ。

まるで相合い傘をしている恋人同士のような距離感だ。その光景を見た瞬間、喉がひゅっと狭くなった感じがして、私は思わず喉を手で押さえた。

「ああ神威にあんな至近距離で……！　大変だ大変だ」

「翡翠くん、分かりますが堪えてください」

少なからず衝撃を受けたのは私だけではなかったようで、私の隣では翡翠さんがじたじたと暴れているのを嘉月さんが押さえつけている。

「あのお方の機嫌を損ねると大変なんですから、静かに。しかもあと数日で満月ですよ。一番力が強くなる時期です。怒らせたらどうなることか」

「分かってるけどさ」

嘉月さんと翡翠さんがひそひそとやりとりをしているのを横目で見つつ、なんとなく事態は把握した。あやかしの中でも最高位の層、ということは相当偉い訳で、機嫌を損ねると大変なことが起こるのだろう。何だろう……呪いとか？

雨を司るって言ってたし、下手したら天変地異とか起こるのかしら……。

そんなことをぼんやりと考え込んでいたら、翡翠さんがくいくいと私の袖を引っ張って、前を向いたまま小声で言った。

「あのね、雨童は人間の女性があんまり好きじゃないの」

「……はい？」

「そうです、我々二人の気配で人間の気配を誤魔化しますから、彩梅さんは早く拝殿の奥へ！」

「わ、分かりました！」

一番機嫌を損ねそうなのは他ならぬこの私らしい。真剣な顔で二人に言われ、必死に頷いて踵を返そうとしたその時。

「そこ。聞こえておるぞ」

静かに声が飛んできて、私の身体の奥にぞっとするような寒気が走った。恐る恐る振り返ると、神威さんが掲げる傘の下から、その冷たさを感じさせる蒼い瞳でこちらを見据える雨童がいた。

隣にいる神威さんの表情はよく読めない。真面目な顔で、無表情な瞳でこちらを見ている。ぴりぴりと伝わってくる空気が痛かった。

「そなた……人間の娘か。ここに入り込んで何をしておる」

「わ、私は……」

まっすぐにこちらを射抜《いぬ》くような、雨童の視線が突き刺さる。

このあやかしには絶対に勝てない、太刀打ちできないと直感が叫んでいる。翡翠さんと嘉月さんも、その場に硬直したまま動かなかった。

「ただの雑用です。気にする必要はないかと思いますが」

神威さんが口を開き、淡々とした言葉でそう述べた。

雨童はじっと彼を見つめた後、「ふむ」と言いながら首を傾げる。

「そなた、こちらへ来い」

有無を言わせない口調に、逆らえない空気。私はふらふらと雨童に言われるがまま、彼女と神威さんの待つ方へと向かう。途中、翡翠さんと嘉月さんがこちらに向かって微かに手を伸ばしてくれたけれど、私は黙って頭を振り、大人しく彼女の正面に立った。

見れば見るほど、際立った美貌だ。降り積もったばかりの新雪のような透明感のある白い肌に、つやつやと肩に流れる艶やかな黒髪。凛とした目元は強くきりりと引き締まり、蒼い宝石のような瞳がじっとこちらを窺っている。

その美女は、私が目の前に立つなり顔をしかめた。

「匂う。匂うぞ。わらわの嫌いな匂いじゃ」

最初に差していた和傘と同じ、藍色の着物の袖を口元に当てながら雨童が言う。唐突な言いように、私は聞き返すこともできずただ呆然とするほかなかった。

彼女の隣にいる神威さんは、黙ったまま動きもせず、何も言わない。それがさらに私の心細さを倍増させた。雨童はそんな私たちを見比べ、口元に当てた袖の向こう側でゆるりと口角を上げて言い放つ。

「ここから去れ。そなたは、この場所に要《い》らぬ」

「なっ……！」

後ろから翡翠さんの声が聞こえる。途中でくぐもったから、嘉月さんがきっと押さえ込んでいるのだろうなと、私はしびれた頭の中でぼんやり思った。

私の目の前で黙り込んでいた神威さんは、一度目を伏せてから、顔を上げた。

無表情な目が二つ、こちらを見ている。次の瞬間私の耳に届いたのは、彼の淡々とした短い言葉だった。

「……お前、早くここから出ろ」

「神威さん……？」

「早く」

低く押し殺したような声が耳に届く。唐突な展開に、私の頭の芯は麻痺《まひ》したままだ。

「早く行けと言うのが聞こえんのか？」

雨童の言葉が静かに、だがぴしゃりと空気を打つ。私は思わずびくりと震えた。

そんな私を見て、神威さんは何かを言いかけるかのように、微かに口を開く。

けれど、結局何も言うことなく口を引き結ぶ。そのまま私の横を通り抜け、雨童と一緒に拝殿の方へ向かっていってしまった。

行きがけに神威さんに何かを言われ、翡翠さんと嘉月さんも、こちらを何回も振り返りつつ拝殿の奥へ消えてしまい――残ったのは私だけ。

「何がどうなってんの……？」

私はただ呆然としていた。とにかく、訳が分からないまま追い出されたということだけしか分からない。

体の芯《しん》が凍え切ってしまったように寒い。私はふらふらと、逃げるようにその場を後にしたのだった。


「……出てきちゃった」

振り返らずに鳥居を潜って神社の外に出て、しばらく脇目も振らず走って五分ほど。

私は疲れ切って、ぽつぽつと小雨が降っているのにも構わず、狭い路地に入ってしゃがみ込んでいた。

「色々唐突すぎて何が何だか……」

以前『俺の目の届かないところで一人でふらふらされる方が困る』とか言われた時、不覚にも結構嬉しくなってしまった自分が、今となっては恥ずかしい。

あの時の自分に、お前は自意識過剰だと言い聞かせたいくらいだ。

それに、そういえば神威さんは今まで私に対して「お前」と呼んだことはなかった。普段名前を呼ばれることこそほとんどないが、「あんた」と親しげに呼んでくれていたから、突然の「お前」呼ばわりへのチェンジはぐさりと心にくる。細かいことだけど、結構大事だ。

そんな細かいことが気になってしまうくらい。

いつの間にかあの場所と神威さんは、私にとって大事な心の一部になってしまったんだと、今更ながら思い知った。本人に追い出されてから気付いても、何にもならないけれど。

ここにうずくまっているだけでは時間の無駄だと分かってはいるものの、雨は降っているし、巫女の服装のまま出てきてしまったしで、私は途方に暮れてしまう。

今は……いやしばらくの間は、神社に戻れないだろう。さっきのぴりぴりとした空気と、神威さんのあの淡々とした、無表情な瞳を思い出すと体がすくむ。

「……とりあえず、アパートに帰ろう」

その一択しかないのは明白だった。幸い、大きなブランケットを羽織ったまま出てきたから、巫女装束はさほど目立たないまま家までたどり着ける。

ブランケット。その暖かくて柔らかいクリーム色の布を改めて認識した途端、心がきゅっと絞られたようにうずいたけれど。

私は頭をできるだけ空っぽにして、自分の部屋のあるアパートへと戻った。

大丈夫。一人きりには、慣れているのだから。


「……うん。そうだよね、鞄置いてきちゃったじゃん……」

午前十一時。アパートの前まで来て、私は今更そのことに気が付いた。

現代人には必須のスマホも、財布もアパートの鍵も、必要なものはあの神社に置いてきたまま。致命的だ。

「……ひとまず、忘れ物を取りに来ましたって正直に言ってさっさと帰ろう、そうしよう」

一人唸っていると、背後からこちらへ向かってくる足音と自分の名前を呼ぶ声がして、私は振り返った。

「いたいた、彩梅ちゃん」

「翡翠さん？」

私服の人間姿の翡翠さんが、私の鞄を持って走り寄ってくる。

「困ってるんじゃないかと思って」

「あ、ちょうど取りに向かおうとしてました」

ありがとうございます、と言いながら私は鞄を受け取る。中身は私が今朝神社に持っていったのと変わらない。必要なものは全部きちんと入っていた。

なんだか拍子抜けした気分だ。

「ごめんね。あのお客さんは問題客でさ。まだ神社にいるから、しばらく戻らない方がいいと思う」

「……そうですか」

思考停止して黙りこくった私の顔を、翡翠さんが覗き込む。

そして彼は、花が咲いたような綺麗な顔で微笑みながらこう言った。

「ねえ、僕とちょっと出かけてくれない？」

その言葉に驚いて顔を上げ、やっと気づく。

『狐の嫁入り』の雨は、いつの間にか止んでいた。


数分後。私は「そのままじゃ街中歩けないでしょ、僕外で待ってるから着替えてきなよ」と勧める翡翠さんの言葉に甘えて、春物のワンピースに着替えていた。

着替えた服が、トップが黒でスカート部分がターコイズブルーの、綺麗めのウエスト切り替えワンピースなのは、少しでも自分を奮い立たせるため。

そして神社に返すべく、巫女装束《しょうぞく》をきちんと折りたたみ、紙袋に入れる。しばらく迷ってから、ブランケットも折りたたんで小脇に抱えた。

もちろんこれも返すつもりなのだけれど、何となくギリギリまで触れておきたかったのだ。

今朝のあの、温かく感じた気持ちを少しでも長く、忘れないために。

仕上げに黒いパンプスを履き、アパートのエントランスまで出ると、外の石畳の道から翡翠さんが大きく手を振っているのが見えた。

「翡翠さん、お待たせしました」

私は走って外に出る。翡翠さんはにっこり笑って、「じゃあ行こうか」と軽やかに歩き出した。

出かけよう、と言ってまず翡翠さんが向かったのは、ある大きなお屋敷の前だった。

立派な武家屋敷の塀のような、下部に大ぶりの灰色の石がびっしりと嵌《は》め込まれた白く高い壁が、ぐるりと広い敷地を覆っている。壁の向こう側にはこれまた歴史を感じさせる日本家屋の屋根瓦と、綺麗に剪定《せんてい》された松や竹などの植物がちらりと見える。

「随分立派なお屋敷ですね」

「これ、神威の家なんだよ」

「え」

私は絶句してお屋敷と翡翠さんとの間に何度か視線を往復させる。

「とはいっても、神威以外の人間は今ここには住んでないけどね。神威の親族は色んな地域に散らばってる。神威のお母さんなんて海外に憧れてて、神威が独り立ちした途端イギリスに移住したし」

「イ、イギリス」

グローバルな一家だな。そう思っていると、翡翠さんが肩をすくめて笑った。

「ほら、レストラン『招き猫』は英国風の庭と洋館でしょう？　あの外観にしたの、神威のお母さんなんだよ。人神はあの場所を思い通りに作り替えられるのさ」

なるほど、神社の中に洋館のレストランなのはそういう訳だったのか。私が妙に納得しているそばから、翡翠さんが説明を補足してくれる。

「だから、今この尾道の屋敷に住んでるのは神威と僕たち眷属、それから神威を慕って家の面倒を見てくれるあやかしたちだけだよ」

そう言いながら、目を細めて翡翠さんが屋敷を見上げる。そして彼はそのままぽつりと言葉を続けた。

「嘉月から聞いたよ。彩梅ちゃん、『千光寺の宝玉』の話が気になるんだって？」

「あ、確かに前言いましたね」

確かあれは、私がこの神社で働かないかと勧誘を受けた時だ。ここ二週間ほどの話なのに、ずっと昔のことのように感じる。

そんな私を見て、翡翠さんがふっと微笑み、しんみりとした口調で口火を切った。

「君には知っておいてほしいんだ、語られなかった昔話を――」と。

尾道・大宝山の中腹に位置する千光寺。

眼下には尾道水道や向島、因島《いんのしま》などの瀬戸内海の島々、遠く四国の連山まで眺められる素晴らしい眺望を持つこの寺には、ある伝説があった。

それが、千光寺の宝玉『玉の岩』伝説だ。

――昔々の、そのまた昔。

今の千光寺にある、高さ十五メートルくらいの烏帽子《えぼし》岩。今は『玉の岩』と呼ばれるその岩の天頂部には、はるか遠くまでも照らす『宝玉』があった。

その宝玉は、夜になると遥か彼方まで尾道の海を照らし、遠い海の向こうからでもよく見えたという。

尾道の船頭たちは、それを目印にすることで安心して舟を漕ぐことができた。宝玉が今で言う灯台の役割を果たし、人々の生活を守っていたのだ。

「ところがある時、この光る玉のことが遠い異国まで聞こえてしまい、その国の皇帝が『何がなんでもその光る玉を持って帰れ』と命じたんだ」

知ってるよね、と静かに問われて私は頷く。その話は、おばあちゃんにも『尾道で一番有名な伝説』だとよく聞かされていた。

「はるばるこの国へやって来たその家来たちは、宝玉を盗み出せたけれど、船に乗せて持ち帰る途中で海に落としてしまい、宝玉は海の底に……っていう話でしたよね」

「その通り。だからその辺りのことを、玉の浦って呼ぶようになったのさ。尾道には『玉』に関わる地名もあるし、千光寺の名前の由来もここからだよ」

それくらい尾道の昔話として語り継がれてるってことだねえ、と翡翠さんがしみじみと言った。そして悪戯っぽく目を輝かせて首を傾げる。

「ここまでは一般的に知られているこの伝説だけど、実は語られなかった続きがあるんだ。――『宝玉を盗んだ異国の家来』。そいつが神とした契約のお話だよ」

じっとしてても寒いし少し歩こうか、といって翡翠さんが歩き出す。屋敷の外周に沿って続く石の階段を踏みしめながら、私は彼の話の続きを待った。

「宝玉は海の底。夜毎に自分たちの道しるべになっていた光は消えてしまった。それで困ったのは、人間だけではなく、その地を守る神々も同じだったのさ。なぜなら、その宝玉の役割は道しるべだけじゃなく、人々の心の安寧《あんねい》を保つことでもあったから。あの宝玉が、悪い気が蔓延《まんえん》する前にこの辺りを浄化してたんだ。そこで、神たちは宝玉を盗もうとした家来の一人に、ある取引を持ちかけた」

「一人？　家来って複数人いたんじゃ……」

私がそう聞くと、翡翠さんは片方の口端を上げてうっすらと笑う。

「いたけど、その一人を囮《おとり》にしたのさ。残りは国へ逃げ帰ってしまった。仲間に裏切られ、取り残された家来は、この地で果てることを望んだんだ。……自分にはもう未練も会いたい人も家族もとうにいない、帰りたい国もない。もうこれまでの人生で十分地獄は見ていて、生に執着もない。ここで一息に殺してくれと。……だから、神のうちの一人がこう提案した」

――死にたいのであれば、己の罪を償いながら生きろ。お前はこれからこの地の人々を守り、宝玉に代わって暗闇で迷う人々の道しるべとして働き、後世の子孫にわたって罪を償うがいい。

「その代わり、この地での一族代々の安全と繁栄を、その家来に約束した。この契約を守る限り、生活と家族……そして幸運を保証した。幸運とは、神の力を与えられ、人でありながらその力を使えることだよ」

「え？　それって……」

石の階段を上った先に、お屋敷の門がやっと見えてきた。立派な濃い灰色のどっしりとした瓦屋根と、その下に構える、こげ茶色をした両開きの木の扉。

その扉の脇には、古くなってすすけたような文字で大きく『園山』と書いてある札がかかっていた。

「そう。神威の先祖は、そうやって昔、神と契約を交わしたんだ。宝玉の代わりに、暗闇の中で迷っている人たちの道しるべとなり、この地を守る約束を」

神様と契約した一族。

神威さんがあの神社の中で、あのレストランを営んでいる理由。

あのレストランには『負の気』が一際強いモノだけが来られる、という意味。

それがようやく分かって、私はなんだか腑に落ちた気分だった。私も『暗闇の中で迷っていた』ところを導いてもらった一人だったという訳だ。

「とまあ、話が長くなったんだけど。さっきの雨童は、初代人神の時代からのお客さんなんだ。もっとも、初代の時はただふらっと訪れたあやかしだったんだけど、二代目の時は『負の気』をまとった客として来たんだってさ。それからは人神の代が変わるごとに、いつも同じくらいの季節に来るらしい。神威の先代や先々代の時は、九月頃に来てたみたいだね」

「え、初代の時代から？」

「雨童はあやかしの中でも特別だからねえ。それだけ数えきれない年数を生きてきてる。その分、能力も影響力も他に類を見ないくらい強大で、いくら人神の神威とはいえ機嫌を損なうのはリスキーなんだ」

「な、なるほど……」

そりゃあ、一目見られただけであそこまで機嫌を損なってしまった私は、さっさと退散して正解だった訳だ……。

正直、何かをした覚えもないので嫌われる理由もよく分かっていないけれど。ひとまずあの程度で済み、青宝神社のみんなを巻き込まなくて良かった、と私は少しほっとした。

「ま、難しい話はここまで！　お腹空いたし、何か食べに行こうか」

翡翠さんの明るい声に腕時計を見れば、昼の十二時半だった。言われてから思い出したようにお腹が鳴る。その音を聞いて、笑いながら「尾道ラーメンでも食べに行く？」と聞かれ、私は激しく頷いた。

朝から驚きの連続で、お腹は空いているし冷え切った体を温めたかったのだ。

「あー、美味しかった！　尾道ラーメンは最高ですね」

「ほんとほんと。いなり寿司も美味しかったなあ」

私の言葉に、翡翠さんが同意しながらうっとりとした表情を浮かべた。

尾道には色んな種類の中華そばがあるけれど、今日食べたところも美味しかった。

スープは豚肉と豚骨、魚介からとったコクのある醬油味で、麺はコシのある細いストレート麺。背脂のコクが溶け込んだスープを一口啜ると、口内に滋味が広がり、ふくよかな旨味が立ち上がってくる。それを細麺と一緒に口の中に含んで……と思い返すだけでも頬が緩んでくる。

ちなみに先日話題に上っていた通り、サイドメニューにいなり寿司もしっかりあった。

「豚と魚介の絶妙なバランスのスープが絡む細麺……。コクと旨味がほとばしる伝統の味、って感じだよねえ」

「翡翠さん食レポ上手いですね。ほんとにそんな感じです」

「へへへ。食べ物は好きだから年がら年中食べてるんだ。人間の食べ物って美味しいよね」

二人して満ち足りた表情で路上に出ると、そこには尾道の風景が広がっていた。

山の急斜面には古寺や民家が並び、歴史が積み重なった風景がそのままそっくりそこにある。情緒がある家並みを縫うように、縦横無尽に巡らされている路地や石段を歩けば、迷路に迷い込んだような感覚とどこか懐かしさを感じるのだ。

ここが、神威さんの一族が昔から守ってきた場所。あの話を聞いた後だと、なんだか感慨がこみ上げてくる。

そんな昔から、この地を守っていた神様たちと人神さまがいたのだと。

「さて、次はどこに行こうか。今日は一日付き合うよ。朝、怖い思いをさせちゃったお詫び」

「いや、いいですよそんな……！」

「いーのいーの、僕がそうしたいだけだから。ね？」

優しく私の腕を引っ張りながら、翡翠さんがにっこりと目を細める。

甘いマスクにその笑顔はなかなかの破壊力で、私は引きずられるように、「じゃ、じゃあ千光寺に行きたいです……！」と素直にリクエストしてしまった。

「お安い御用。じゃあ早速行こう」

スキップでもしそうな勢いで歩き出す翡翠さん。私はその後を慌てて追った。


「ほら、あれが烏帽子岩」

千光寺ロープウェイの窓越しに見える大きな岩を翡翠さんが指さした。

「あのてっぺんにある玉の代わりに、昔は本物があったってことですか？」

十五時ごろ、千光寺がある『千光寺公園』まで向かうロープウェイに乗り、空中で揺られながら。今しもその烏帽子岩の斜め上を通過しているゴンドラの中で、私は翡翠さんにそう尋ねる。

そびえ立つ大きな岩の上には、灰色の石っぽい球体が、ちょこんと置かれていた。

「そ。あの大岩の頂《いただき》には直径十四センチ、深さ十七センチの穴があるんだけど、それが光を放つ宝玉があった跡だって言われてる」

にやりと笑いながら、誇らしげに翡翠さんが胸を張って言葉を続ける。

「どんどん色々聞いていいよ。僕も結構長く生きてる方だから、なんでも教えてあげる！」

見た目は完全に大学生くらいの若い男の人だから、「結構長く生きてる」の言葉がちぐはぐに感じられておかしい。あやかしって本当に見た目に老いが出ないんだな……。

「ありがとうございます」

実際話を聞いているうちに、自分は知らないことだらけだと痛感することが多々ある。雨童の話だって、尾道に伝わる宝玉伝説の続きだって、神威さんの一族の話だって。

そりゃあ、そんな事情を知らない赤の他人がいて、話をややこしくするような状況では放り出されて当然だ、と私はため息を吐きながら思う。

でもだからこそ、色んなことを知って。できればあの温かい場所に、青宝神社の人たちの足手まといにならない状態になってからまた行きたいと、私はそう心にそっと誓った。

「色々また聞いても、いいですか？　翡翠さんたちのことよく知りたいですし」

私が恐る恐るそう言うと、翡翠さんは少し目を見開いた後、勢いよくうんうんと頷く。

「もちろん」

それから、ロープウェイを降りて千光寺公園の中を散策しながら、翡翠さんは自分たちの背景をぽつぽつと教えてくれた。

八咫烏の嘉月さんは、由緒正しいあやかしの家柄で優秀な能力を持ちながらも、四男だったため家督は継げなかったのだという。力を持て余していたところに園山家の新しい当主の噂を聞きつけ、自ら眷属にしてほしいと願い出たんだとか。

「神様の眷属になるってことは、それだけ後ろに権威がつく、箔《はく》がつくってことだからね。嘉月は元々は結構野心家だったんだよ。今は完全に神威の人柄に惚れこんで慕ってるけど」

「……ああ、なんだか納得します」

普段からちらほら見えてくる嘉月さんの、私への鬼畜加減と鋭い突っ込みを思い出しながら深く頷く。

「翡翠さんはどうして神威さんの眷属に？」

「僕はねえ、あの神社に迷い込んでお腹空かせて倒れ込んでたところを神威に救ってもらったんだ」

翡翠さんらしいな……。

「僕、食べ物の恩は返すシュミだから！」

そう言いながら翡翠さんが公園のベンチに座り込む。

「それを言うなら主義ですよね」

「あ、ほんとだ」

おちゃらけて言う翡翠さんの言葉に笑いながら、私も彼に続いてベンチに座る。

それから私たちは今まであまり話さなかったような、色んな話題を喋った。

といってもそんなに大した話でもない、たわいないお話。そうして穏やかに話をするうちに、時間は刻々と過ぎていったのだった。

「すっかりもう夕方だね。そろそろ送るよ」

そう言われて時計を見ると、もう十七時半を回っていた。

「いえ、帰れますから翡翠さんは早く青宝神社へ……！　みなさん心配してらっしゃると思いますし。引き留めてしまってすみません」

今更ながら、翡翠さんの厚意に甘えて彼をこんな時間まで付き合わせてしまったのが申し訳ない。

でも私が謝ると、翡翠さんは苦笑しながら私の頭をくしゃっと撫でた。まるで小さな子でもあやすかのような自然なその優しい手つきに、私の背中は緊張して一瞬のうちに硬直してしまう。

「大丈夫、僕は君の方が心配だよ。行こう」

翡翠さんが私の手を取ってそう促す。私は彼に手を引かれるがまま、千光寺公園からロープウェイで下山した。

だが、そのまま乗り場から出て、自宅への帰り道――尾道商店街の方向へ向かおうとした、その時だった。

――チリン。冷たく軽やかな風鈴のような音が、風に紛れてどこかから聞こえてくる。

どこかの軒先《のきさき》にでも風鈴をつるしている家があるのだろうか。頭を巡らせて辺りを見回していると、線路のガード下を行く、黒髪の少女が視界の中に入った。

なぜか、まるでその場所だけスローモーションになったかのような感覚に襲われる。

「……あ」

私は思わず目を見開いた。その少女が一人でたかたかと走り去っていく先は、国道の交差点だ。そして、横断歩道の信号は赤。

「危ない！」

「ちょっと、彩梅ちゃん!?」

後ろから翡翠さんが私の名前を呼び、手を伸ばした気配がした。でもそれに構わず、私はその少女を追いかけた。

信号が赤なのにもかかわらず、今にも飛び出しそうな少女。そこへ迫り来る大きな車の影が私の視界に映り、死に物狂いで走っていた最中――突然、周りの景色が何も見えなくなった。

はっとした時には既に、身体が透明な冷たい紐のような物でがんじがらめにされていた。

「実に愚か。実に愚かじゃ、人間は」

何も見えない私の耳の傍《そば》で、聞き覚えのある凛とした声が冷たく響いた。

もしかして、いやもしかしなくても。そう思って、私は見えない相手に向かって叫ぶ。

「『誰そ彼』時に……」

「その言葉を知っておるのか。ますます生意気じゃ」

ひんやりとした手が口を塞ぎ、私の言葉は宙で切れた。そして囁《ささや》くような声が耳元でまた聞こえる。

「……のう、『不幸を呼ぶ娘』よ」

その気配がすぐ後ろにあるのは分かるのに、振り返りたくても体が動かない。ふわりと冷たい手が肩にまとわりついたかと思った直後。

私の意識は、そこでぷつんと途切れた。


子供の時から、私の周りでは変なことがよく起こった。

以前翡翠さんと嘉月さんに話したのはほんの一部。はっきりと覚えているだけでも、今までに色々なことがあった。

例えば小中学校のパソコンの授業。一括管理されていて一斉につくはずの電源が、自分のパソコンだけいつもつかないだとか。

買ったばかりの音楽プレイヤーが、起動した瞬間に壊れたり。

スマホで行先の経路を調べようと思ってアプリを開けば、ＧＰＳが正常に作動しなかったり。

そのスマホだって、何度動作がおかしくなって修理に出したことか。買い替えても直らないし、乱暴に扱った記憶も一切ないのだけど。

電子機器だけでもこのありさまだ。あまりに物が壊れすぎて、お母さんには「手に磁石でもついてるのかねえ」なんて冗談交じりに言われたこともある。

高校の修学旅行では、部屋に入り込んできた大きな蜻蛉《かげろう》が私の頭上で事切れ、体すれすれに落ちてきた（部屋が一緒だった女子たちにはもちろん気味悪がられた）。文化祭の打ち上げでもなぜか自分だけ食中毒に当たるし、数え上げたらキリがない。

外で声をかけられるとしたら、昔も今も、ナンパよりも圧倒的に怪しい勧誘。この間商店街で絡まれたのがいい例だ。

枚挙にいとまがないとはこのことだろう。

――野一色さんって、不幸体質なんじゃない？

私のエピソードを聞いた中学のクラスメイトにも、そう言われた。

不幸体質。周りで良くないことが起こる度、何かに巻き込まれる度、私の心は曇った。

自分だけにそれが降りかかってくるなら、まだいい。でも、私がいるせいで、もし本当に周りが不幸になってしまうとしたら？

因果関係なんて分からない。でも実際、小学四年生でお父さんを亡くした時には、かなり自分を責めたのを覚えている。

そして、大好きだったおばあちゃんが亡くなって、お母さんの再婚が決まった去年。私は決意したのだ。

——一人になろう。もし本当に、私がいるせいでみんな不幸になるのだとしたら、耐えられない。

でもそれ以上に、私には恐れていたことがあった。

それは、「そばにいたい」と私が言った相手に、迷うような顔をされること。

私は最後まで、お母さんに素直に「一緒に暮らしたい」と言えなかった。お母さんが再婚して新しいパートナーと築く家庭に、ただでさえ色んな厄介事を持ち込んでしまう私が、疫病神《やくびょうがみ》のように居座ることはできない。そう思ったからだ。

だから私は一人でこの地に引っ越してきた。何より、ずっと無性に懐かしく思っていた土地だ。

一人で過ごすなら、その候補にするなら。私はここが良かったのだ。

だから。この不幸体質を知った上で、ここにいないかと言ってくれた神威さんたちの言葉がどうしようもなく嬉しかった。

私がいることを、受け入れてくれる場所。そんな場所が、ずっとずっと欲しかった——。

「そろそろ起きんか、おい」

ぺちぺちと頬を軽くたたかれる感触で私は目を覚ます。

目を開けると、全く馴染みのない天井が見えた。堂々と青い竜が躍動《やくどう》する絵が描かれているそれは、見るからに古くて由緒正しいような印象を与える。

いつの間にか私は、見覚えのない畳敷きの広間に横たわっていた。

「やっと起きたか。待ちくたびれたぞ」

やれやれといった表情で私の顔を覗き込んだのは、白い肌の絶世の美女。

「あ、雨童さん……！」

驚きの声を上げて私は起き上がり、そのまま後ずさりをする。

おずおずと辺りを確認すると、どうやらここは畳の大広間のようだ。様子を窺い、部屋中を一周ぐるりと見回す中で、私は思わず身を強張《こわば》らせた。

この大広間にいるのは、雨童だけではなかったからだ。

雨童の後ろに控えている者たちは、明らかに人間ではない。着物を身に纏い、例外なくこちらをじっと窺っている。

私は今、囲まれている。知らない場所でたった一人。人間相手でも恐怖を覚えるだろう状況で、さらに自分を囲んでいるのは人間ではない者たちときた。

震えそうな身体を押さえつけながら、自分の身の回りを確認する。そして私は、さらに凍り付いた。

ずっと持っていたブランケットが、ない。連れてこられた時に落としてしまったのだろうか。

朝、青宝神社で貸してもらった暖かいブランケット。たとえ一時《いっとき》でも、自分は確かに温かい場所にいたのだと思わせてくれるものだった。あれがあるだけでも心強くいられそうなものなのに。

「雨童さま、失礼ながら本当にこの娘で合っているのですか？　ずいぶん小汚いし貧相ですが」

散々な言われようだ。鈴を転がしたような綺麗な声音で失礼なことを言ってのけたのは、雨童のすぐ後ろに控える女の子だった。

黒い猫のような耳が生えていて、雨童とそっくりの艶やかな黒髪をショートカットに切り揃え、目は綺麗なエメラルドグリーン。きゅっと引き締まった小顔に小さな口、すっと通った鼻筋と、こちらも雨童に引けを取らない美形だ。

そんな子に「貧相」と言われるとぐうの音も出ない。

「わらわの目に間違いはない。確かに貧相じゃが、はっきり言っては気の毒じゃ。そう正直に言うでない」

「はっ、失礼いたしました」

雨童の凛とした声音に、黒い猫耳の女の子はすっと流麗な動作で深々と頭《こうべ》を垂れ、引き下がった。

なかなか雨童もひどい言いようだが、そんなことはどうでもいい。どうにかしてここから逃れなければならないと、自分の中の直感が叫んでいた。

逃げよう、今すぐに。

大広間に並び立つ障子の隙間からわずかに外が見える。そっとさり気なく目を凝らしていると、外には縁側と庭らしきものが窺えた。

あそこからなら出られるかもしれない、と咄嗟《とっさ》に判断した私は、そちらに向けて駆け出した。

だけど周囲の異形《いぎょう》の者たちも、雨童も、私を目で追うだけでその場からぴくりとも動かない。慌てる様子も、追ってくる様子もなかった。

何かがおかしい。そう思いつつも、縁側から裸足のまま走り出る。

だが庭を囲う生垣を乗り越えようとしたところで、私は何かにぶつかった。

「あいたっ！」

がつん、と鈍い音がする。

私は街で見かける大道芸人よろしく、見えない壁をぺたぺたと叩く。あの芸は実際にない壁をあたかもあるように振る舞うものだけど、これは違う。生垣から空の上まで、見えない壁がそびえ立っているようだった。

「わらわの許しなしにここから外へ出ることはできぬぞ。残念、無駄骨じゃったのう」

いつの間にか背後に、雨童が立っていた。その綺麗で真っ赤な唇の端を、にいっと吊り上げながら。

「あのう……どうやったら出してもらえるんでしょうか」

私は若干身をのけぞらせつつ、雨童の目を極力正面から見るように問いかける。怯むな、出る方法を考えろと自分に言い聞かせながら。

雨童はため息をつきながら私にくるりと背を向けた。

「そなたは人質じゃ。目的が達成されれば出してやる。……それに、聞きたいこともあったしのう」

「はい？　人質？」

「あの店主め、神威と申したか？　……わらわにはあの魔法のメニューを出さぬつもりじゃ。あいつが何と言ったか分かるか？」

「い、いいえ」

雨童はなかなかご立腹な様子。逆撫《さかな》でしてはいけないと、私は素直にぶんぶんと頭を振る。

「『きっとあなたを救うことはできない』と言ってな、料理を作ること自体を拒否しおったのじゃ……違う、違うのじゃ。わらわは……」

　何かを言いかけて、雨童ははたと動作を止める。そして笑顔でゆっくりと私の方を振り返った。

「という訳で、そなたはあの男がわらわに料理を持ってくるまでの人質じゃ。先ほど言伝《ことづて》の使い魔を放ったから、もうそろそろあちらにも伝わるはず。どのくらいで着くか、楽しみじゃ……ってそなた、何をしておる⁉」

　ごん、と今しがた縁側の柱に自分から頭を一発打ち付けた私は、ゆっくりと雨童の方を振り返った。

　巻き込みたくない、とか思っていたのにこれだ。みすみす攫《さら》われてその上、はい人質になりました、ではあまりに足手まといが過ぎる。最悪だ。

　自分の失態は自分で何とかしなければ。そう心に決めて、「しっかりしろ自分」と気合を入れる意味で柱に頭を打ち付けてみたものの、やっぱり額が痛い。

　でもおかげで、じんじんと痺れる痛みで目は冴えた。

「いえ、私の大っ嫌いな展開なもので」

「ふん、わらわもそなたは大嫌いじゃ。じゃが自分を傷つけるのは話が違うだろう」

「いやあの、あなたを嫌いと言った訳では」

「黙れ」

ぴしゃりと言いながら、雨童が手を上げる。しまったと思って身構えると、額にひんやりとした布が当てられる感触が伝わり、私はその場に硬直した。

「額から血が出ておるぞ。まっこと人間はか弱いのう……すぐ傷つき、すぐ死んでしまう」

そのまま黙々と雨童は私の額の血を拭く。思いがけない出来事に棒立ちになっていると、彼女は私の血がついた白い布を苦い顔で眺めて、「捨ててこい」と私に向かって放り投げた。うん、やっぱり嫌われてることには変わりないのかも。

「非力な人間のくせに、無理をするでない。ほれ、ここへ大人しく座っとれ」

ふわりと縁側へ舞い戻って腰掛けた雨童は、自分が座った横のスペースを左手で軽く叩いて見せる。

「いえ、座るよりも帰りたいです」

きっぱりと言った私の言葉に、雨童はよろりと身を起こす。そして大きなため息をつきながらこう言った。

「ここに来てまで諦めの悪い奴じゃの。……のう、モノには対価が必要なのは分かるか？」

「対価？」

私がおうむ返しに繰り返すと、雨童は物々しい様子でゆっくりと頷いた。

「そうじゃ。ここを出たいと言うのであれば、それなりの見返りを示さねば交渉は成立せその言葉の意味をゆっくりと噛み砕いてから、私はおかしいと思った部分を指摘してみる。

「いや、そもそも私を連れてきたこと自体が一方的なんだから、交渉も何もないのでは……？　あなたの理屈で言うなら、最初にあなたも何か対価を払うべきですよね」

「そなた、この状況に置かれていながら妙なところで冷静じゃの」

ぐぬぬ、と言いながら雨童が考え込む。今までマルチ商法やら詐欺やらを散々ふっかけられ続けてきた人間を舐めるなよ、と私は心の中でほくそ笑んだ。

「……そなたが私の『探している』料理を当てたなら、考えてやろうぞ。これが最大の譲歩じゃ」

きっぱりとした物言い。どうやら本当にこれ以上譲る気はなさそうだ。むしろ、反抗しているのに雨童の怒りを買っていないだけマシだと思うべきか。

「分かりました、当ててみせます！」

なるべく早く、自力でこの場所を出るために。私が承諾の意を示すのを、雨童は何とも言えぬ苦い顔で見守っていた。

「お前たち、もう下がってよいぞ。睡蓮《すいれん》だけ、ここに残れ」

「かしこまりました、雨童さま」

異形の者たちがぞろぞろと出ていく中、その場に残ったのは先ほど私を「貧相」と称した美少女。睡蓮と呼ばれたその子は、柔らかい動作ですっくとその場に立った。そしてじろりと私を一瞥《いちべつ》したかと思うとそっぽを向いた。

「早速腹が減った。さすがに当ててみろとはまだ言わんから、わらわのために何かを作れ」

「い、いきなり……⁉」

雨童の言葉に私は動揺する。何かを作れと言われても、苦手なものも好きなものも、私は何も知らない。とんだ無茶振りだ。

「四の五の言うな。睡蓮、そいつを厨房へ案内しろ」

「かしこまりました、我が主《あるじ》。ほらお前、ついてこい」

前半は恭《うやうや》しく雨童に向かって頭を垂れながら、後半は私を半目で睨みながら発した言葉。その後は何も言わず、睡蓮は私を置いてすたすたと大広間を横切って襖《ふすま》を開ける。

「あ、あの、雨童さんの好きなものって何ですか⁉」

とりあえず、好きな食べ物くらいは聞いておかないと。素直に教えてくれるとは思えないけど、ひとまず挑んでみないと分からない。

私が問いかけると、雨童はつと考えるそぶりを見せた。

「ほらお前、雨童さまのお手を煩《わずら》わせるな。早く行くぞ」

「ちょ、ちょっと待っ……！」

　睡蓮が私の腕をがっしりと掴み、先ほど開けた襖の方へずるずると引きずっていく。華奢《きゃしゃ》な少女然とした見た目からは想像もできないくらい強い力で、私はあっという間にたやすく引きずられ、襖の前まで来てしまった。

「……そうじゃな、わらわは源氏物語の『夕顔』が好きじゃのう」

　睡蓮が私を外の廊下まで引っ張り出し、大広間の襖を閉める直前。雨童は、それはそれは綺麗な笑顔で、そう言った。


「源氏物語の『夕顔』って、食べ物ですらないじゃない。一体どうしろと」

　あああと頭を抱えながら薄暗い廊下を歩く私の前で、睡蓮がため息をつく。

「お前の尋ね方が悪い。『食べ物』とは限定していなかっただろう」

「仰る通りです……」

　正論すぎて、さっきからこの子には返す言葉もない。私が黙り込んで静かに付き従っていると、睡蓮が立ち止まり、くるりとこちらへ向き直った。

「とんだ阿呆だな、お前は。あろうことか雨童さまに交渉事を持ちかけるとは。人間のくせに」

「阿呆……」

確かに思い返してみると、無謀で阿呆なことをしているのかも。あれだけ翡翠さんや嘉月さんが恐れていた、雨童の怒りを買いかねない行動だった。

「でも、雨童さんってそこまで冷酷無慈悲には見えなくて」

というより、むしろ……。

「お前の味方をするつもりはさらさらないが、それに関しては同意する」

私が次の言葉を紡ぐよりも早く、睡蓮が目を伏せながら私の言葉に頷いた。心なしか、頭の上の猫の耳がぴこぴこと揺れている。

「怒れば大雨を引き起こし、気持ちが沈めばいつも雨を降らせるなどと言われ、あのお方は誤解されやすい。……全然違う。傷つきやすく、感情のコントロールが苦手なだけだ。本当は……ってお前、何を笑ってる」

こら、とこちらを睨みながら睡蓮がぷっつりと言葉を切った。私は言われて初めて自分の頬に手を当てる。知らず知らずのうちに口角が上がっていたようだ。

「いや、睡蓮さんって、雨童さんのこと本当に好きなんだなって思って」

「……………！」

見る見るうちに睡蓮の顔が赤くなる。やっぱり図星みたいだ。だって雨童のことを語る時の睡蓮は、本当に幸せそうな顔をしていたから。

「そ、それよりも。さっき雨童さまが言った意味、お前には分かるか？」

睡蓮があたふたしながら咳払いをし、会話の方向を変えた。話を振られ、私はさっきの雨童が言った『源氏物語の夕顔』の意味をじっくりと考えてみようとする。

源氏物語の、夕顔の巻。光源氏がお互いの素性を隠したまま、夕顔と呼ばれる女性と逢瀬を重ねる話だ。儚《はかな》くも幸せな時間をしばし過ごす二人だったが、夕顔は最後、この世を去ってしまうという悲劇で……。

「あああああ！」

私の出した突然の叫び声に、睡蓮がびくりと耳を震わせ、文字通り飛び上がった。

「ど、どうした」

あまりに私が慌てふためいているので、おろおろし出す睡蓮。

「夕顔ってあれじゃない……！　源氏物語の中で一番有名な、女性が物《もの》の怪《け》に取り憑かれて殺される話……」

そうだ。夕顔の死因は、物の怪に取り憑かれたことだった。その物の怪の正体は、光源氏と元々付き合っていた六条御息所《ろくじょうのみやすどころ》の怨霊《おんりょう》だったという説もあった気がする。

――私も呪い殺されるんじゃないだろうか。

さっきは雨童のことを『そこまで冷酷無慈悲に見えない』と言ったけど、私が嫌われているのは事実だし……と、言葉を深読みすればするほど、マイナスへと思考が偏る。

「……お前を少しでも見直した私が阿呆だった」

呆れたように私を細目で睨む睡蓮。彼女は黙ってずるずると私をそのまま厨房へ引っ張っていった。

「ほら、ここが厨房だ。好きに使え。水は井戸から清らかな水が汲《く》めるから、それを」

廊下を歩き、屋敷の裏口から庭に出て、とある建物と井戸を睡蓮は指さした。

「……」

「……まあ、そんな反応になるのも無理はない。だいぶ年季が入っているからな」

「そ、そうですね」

睡蓮が案内してくれたのは、こげ茶色の瓦屋根がところどころ剥がれかけた、古く小さな小屋だった。恐る恐る入り口のダークチョコレート色の木の扉を押すと、キイときしむ音をさせながら戸が開く。

ところが、中に入ると私は目を丸くした。

「あれ、結構きれい」

確かに年季は入っているけれど、厨房はこぢんまりと整えられており、清潔感すら漂っていた。

石畳のような見た目をした土間が広がっており、左手側には白くつるつるした石を削りだしたような調理台と、大きな竈《かまど》が鎮座している。そこが調理スペースのようだ。

土間の右手側には一段上がった床上の部分があり、畳敷きになっていた。しかも色からして結構新しい。どうやら定期的に使っている場所のようだと私は察した。

「誰が使ってるんだろ、ここ。道具も一通り揃ってるみたいだし」

戸棚を開ければ道具が様々に取り揃えられていて、ざっと見ただけでも使える器具は多そうだった。竈は古いだけあって、薪《まき》をくべて火をつける旧式のもの。でも、火さえつけられれば調理は何とかなりそうだ。

「私たち使い魔にとって、人間が食べるようなものは嗜好品《しこうひん》。ここに立つのはこの屋敷で唯一のあやかしである、雨童さまくらいだ」

「雨童さんが……」

あの雨童が、自分でこの厨房に立つのかと少し意外に思う。てっきりお付きのモノたちが作っているのだと思っていた。

「睡蓮さんたちは、あやかしではなく『使い魔』なんですか？」

私は、調理台にあったひんやりした大きな木製の箱を開けながら聞く。

縦長の箱の蓋を、扉を開く要領で手前に引くと、内側の全面に薄くて透明な氷がびっしりと敷き詰められていた。試しにそっと自分の人差し指を少し当てて様子を見てみても、氷は一向に溶ける気配がない。どうやら溶けにくい氷でコーティングしてあるようだ。なるほど、これ冷蔵庫か。

使えそうな設備の様子を見て回る私を眺め、睡蓮はしばらく黙していたが、やっと話し出してくれた。

「私は雨童さまに作られた、花の睡蓮を依代《よりしろ》とした使い魔だ。あやかしではない。そもそもあやかしは何かのモノの下につくことを嫌うから、基本的にあやかしをお付きのモノにしている者は少ないのだ。お前が元いた神社の人神くらいだろう」

神社の人神。神威さんのことだ。今朝まであの神社にいたことが、もう遠い昔のように感じられる。

最後に見たのは、淡々とした言葉を告げて目を伏せ、何かを言いかけた神威さんの姿。

「……お前、知っているのか？」

「え？」

頭をぶんぶんと振って神威さんの顔を頭から追い払おうとする私に、睡蓮がぽつりと問いかけてくる。

「お前このままだと、あと一日半もすればあの店であったこと、あやかしたちのことを忘れてしまうのだぞ。あの男を人神だと認識して関わったことも全て」

「え、何ですかそれ聞いてない」

冷蔵庫の中身を探るどころではない。私は冷蔵庫の冷えた空間に手を突っ込んでしゃがみ込んだまま、呆然と睡蓮を見上げた。

「なぜあのような不思議な店があるのに、人間にその存在が知られていないか分かるか？　……ヒトにはみな、あの空間で関わったモノを忘れるように術がかかっているからだ。存在が知られ、騒ぎになってはあの場所の存続が危ういからな。あの店から出て一日目は夢の中の出来事としては頭に残るが、二日経てば全てを忘れる。お前は今まで毎日出入りしていたから、忘れずにいられただけだ」

そういえば最初にあの店を訪れた翌日は、確かに夢を見たような心地で目が覚めた。あのあとすぐに神威さんが来て、それで……。

「なら、尚更早くここから出て、また神社に行かなくちゃ」

私は冷蔵庫の中を、さっきよりも気合を入れて探り始める。豆腐、黒豆、小豆《あずき》、栗、塩、砂糖、粉寒天、抹茶、黒蜜、白玉粉、上新粉、きな粉……。それに牛乳や調味料類も細々《こまごま》とある。

「あれ、これ美味しい！　黒豆の甘露煮《かんろに》だ」

つややかな表面のぷっくりとした黒豆を一口味見した私は、その美味しさに唸った。作るのにもの凄く手間がかかった味がする。

意外と食材が豊富なので、和風スイーツとかなら作れそう。

「人神が助けに来てくれるのが先だとは思わんのか？　あの男はお前のためなら必ず来るだろうに」

「どうでしょうね。そうは思えませんけど」

そもそも雨童の言葉に従って私を追い出したのは神威さんだし、引き留めてもくれなかったしな、と考えが面倒くさい女の思考回路に陥って、私は自分の頬を叩いた。

「いや、確実に来る。なぜならあの男は……」

途中まで言いかけて、睡蓮はぷつりと言葉を切る。言葉の続きが気になったけれど、今は早く雨童のもとに料理を持って行かないと。そして早くここから出してもらわなければ。

「このラインナップ、和風スイーツなら食べてくれそう。ありあわせのもので作れるもの……そうだ、抹茶寒天と黒豆にしましょう！」

睡蓮は何も言わない。だけどその耳がかすかに動いているから、きっと及第点なのだろう。この子が耳をぴょこぴょこ動かすのは嬉しい時だと、だんだん掴めてきた。

井戸から水を汲み上げた後、私はすぐに調理に取り掛かった。

鍋に粉寒天と水を加え、ヘラで混ぜながら火にかける。沸騰してきたらしばらく弱火で煮て、抹茶の粉末と砂糖をよく溶き合わせておいた大きめの深い皿に、寒天液を少し投入。ダマが出ないようによく混ぜ合わせてから、溶き合わせた抹茶を今度は鍋の寒天液へ。全部混ぜ合わせたそれを、今度は四角い大皿に流し込んで冷蔵庫へ入れる。

「白玉は時間かかるし、ひとまずこれでいいかな」

一息ついていると、さっきまで静観していた睡蓮が動き出した。

「私なら早く寒天を固められる」

言うが早いが、冷蔵庫に手を当ててじっと動きを止める睡蓮。数十秒後、彼女の「開けてみろ」という言葉に従って恐る恐る冷蔵庫を開けると。

「本当に寒天がもう固まってる……！」

冷蔵庫の中の冷気が強まっているのだ。私は感動して思わず睡蓮の手を取った。

「ありがとうございます！　凄い、こんな技が使えるなんて！」

睡蓮はその場に固まって目を丸くしている。そしてはっと目を見開き、私の手を振り払った。

「ええい、離せ暑い！　雨童さまの使い魔だから、少し水属性のものが操れるだけだ。こんなの誰でもできる」

「私にはできないから十分凄いです」

私は大いに感謝しながら、よく冷えた抹茶寒天に切り込みを入れ、サイコロの形にザクッと切っていく。黒豆の甘露煮とほろ苦い抹茶寒天を軽く混ぜ合わせ、先ほど見つけた蒼く涼やかな江戸切子の器に盛り付ければ完成だ。

「……ヒトはよく分からん」

ぶつぶつ言いながら、なんだかんだ睡蓮は器を運ぶのを手伝ってくれた。

「ほう、早いな」

先ほどの座敷の大広間に戻ると、雨童はそのすぐそばの縁側に出て、ぼんやりと外を眺めているところだった。

私と睡蓮の姿を見ると、ささっと立ち上がって大広間の中に戻ってくる。

「抹茶寒天か」

雨童は私と睡蓮が持ってきた江戸切子の器の中身に興味津々だ。私が一緒に持ってきた銀色のミニスプーンを手に取り、彼女は抹茶寒天の表面をつついた。

「おお……プルプルしておる」

「どうぞお召し上がりください」

睡蓮が器を持ち上げると、雨童は意外にも素直に頷いて器を手に取り、早速抹茶寒天と黒豆の甘露煮を静かに口に運ぶ。私と睡蓮はその様子をじりじりとした気持ちで見守った。

「ど、どうですか?」

「……」

雨童は私の質問にも答えず、黙々と抹茶寒天と黒豆を口に運ぶ。黙ったままぱくぱくと食べていく様子を見て、私は密かに安堵《あんど》した。

黒蜜をそっと差し出すと、雨童は頷いてそれを寒天にかけ、静かに食べ続けていく。

「本当は白玉とか小豆とか栗とかもつけられれば良かったんですけど、今回はパパッと作れるものですみません。時間がかかるのでまた今度作って出しますね」

私がそう言うと、雨童はぴたりとスプーンを止めて私を見上げた。そのまま黙って私の顔を見つめること十秒程度。

何か気に障《さわ》ることとでも言ってしまっただろうか、と私はその場に凍り付いた。

「座れ」

「え」

戸惑う私の前で、雨童は自分の左のスペースを空いている左手でぽすぽすと叩いた。

さっきも縁側でやっていたこの仕草。大人しい時の雨童がやっていると妙にかわいく見えてくる。

「ここへ。座れ、二人とも。立ったままでは疲れるじゃろう。わらわも落ち着かぬ」

私と睡蓮が大人しく座ると、雨童はまた抹茶寒天と黒豆を口に放り込み始めた。

「この抹茶寒天、実に美味じゃ。ぷるぷるつるんとしておって、ほろ苦さと控えめな甘さが絶妙な、極上の味じゃ。噛めば噛むほど抹茶の味が滲み出てくるのう。わらわには作れん」

「あ、ありがとうございます……！　とてつもなく美味しい黒豆の甘露煮があったので、それに合うかなと思って」

私が言うと、雨童は口角を上げてこちらを振り返った。口元に黒蜜がついていて、なんだかあどけない少女のようだ。

「ほう。あれはわらわが作ったのじゃ。苦労したぞ、やっとあの味に行き着いた。……自分で言うのもなんだが、わらわは料理があまり得意ではない」

「え、めちゃくちゃ美味しかったですけど」

私が真顔で即答すると、雨童は目を見開いて固まる。

「……そうか」

そう短く答えて抹茶寒天と黒豆を食べ続け、雨童はすっかり器を空にしてしまった。

「あ、お茶！　食後のお茶淹れてきますね」

立ち上がろうとすると、ぐいんとワンピースの裾を引っ張られる感触がして、私は前につんのめる。

「よい。この余韻《よいん》に浸りたいから、要らぬ。……それよりも」

言葉を切り、私のワンピースの裾を持ったまま、雨童はどこか真剣な顔で私を見上げる。

「『心あてに　それかとぞ見る　白露の』という一対の句を知っておるか」

突然の質問に、私は一瞬戸惑った。なんの謎かけだろう、と考えた直後。私の脳裏に先ほどの言葉がよぎった。

——わらわは源氏物語の『夕顔』が好きじゃのう。

「……『光そへたる　夕顔の花』、ですね」

「ほお、よく知っておる」

『心あてに　それかとぞ見る　白露の　光そへたる　夕顔の花』。

源氏物語の夕顔の巻に出てくる一対の歌の片方。夕顔という女性から先に、源氏へ贈った歌だ。

意味は確か、【貴方様はあのお方（つまりここでは光源氏だ）ではないかとご推察します。白露が光を添えている夕顔の花のごとき、美しいお方を】……のような感じだったと思う。

夕顔の花が咲く垣根の家の中から、そこを通りかかった源氏へと、夕顔が扇子に書いて渡した歌。だけどそれが一体、どうしたのだろうか。

「あとは万《よろず》の言《こと》の葉《は》の一句、あれも好きじゃのう。風情がある人間は好きじゃ。その月に催す行事も」

ぽかんと雨童を見つめる私を一人取り残し、雨童が立ち上がる。彼女はすっと目を細め、すれ違いざまに私に囁いた。

「お前はもう、答えの手前まで行き着いておるぞ。……生意気、そうじゃ。生意気なことにな」

そのまま振り返ることなく大広間の襖を開け、雨童が廊下へと消えていく。大慌てで雨童を走って追いかける睡蓮の後ろ姿を見つめながら、私はその言葉の意味を必死に考えていた。

雨童が大広間から去った後。雨童はそのまま戻ってくることなく、睡蓮だけが姿を見せた。

「もう夜も遅い。お前を休ませろと仰せつかった」

そう睡蓮に言われて壁にかかった時計を見ると、もう夜の十時だった。時計のすぐ下にはカレンダーがあって、今は「三月」のページが見える。どうやら人間のカレンダーを使っているようで、見慣れたものがあることに私は少し安心した。

ちなみにスマホも確認してみたけど、電源自体がつかず使い物にならなかった。

「奥座敷を使ってよいとのことだ」

そのまま睡蓮が広間の壁紙に手をつき、その一部を押す。

「おおおおお……！　カラクリ屋敷みたい！」

「いちいちリアクションが素直な奴だな。気が抜ける」

黒い耳をくたりとさせながら、睡蓮が私を隠し扉の向こう側の奥座敷へと案内してくれる。

こぢんまりとしている畳の部屋だが、旅館かと見紛うほどに部屋は綺麗で、布団まで敷かれている。私は目を見開いた。

「風呂はここに備え付けの露天風呂がある。着物はここだ。それから、これは夜食」

す、と睡蓮が私の目の前に朱塗りのどんぶりを突き付ける。蓋がされていて、中を見ることはできない。

一体何が入っているのかと、私は恐る恐るどんぶりに視線を注ぐ。

「へ？　夜食？」

「喜べ、雨童様が直々にお作りになられた。ほれ」

そう言いながら睡蓮がぱかりとどんぶりの蓋を開ける。溢れんばかりに入っているその中身を見た途端、私は思わず歓声を上げた。

「え、美味しそうなたまご粥《がゆ》！」

溶きほぐされ、ふんわりと固まった黄色い卵と、とろとろのお粥との組み合わせ。上には細かく刻まれた青ネギが乗っていて、見ているだけでもお腹がすいてくる。

そういえば、昼に翡翠さんとラーメンを食べてから食事をとっていなかった。

「足りるか？　人間は食べなければ死ぬと聞いた」

「た、足ります足ります！　それはもう十分すぎるほど」

私は慌てて大きく頷く。なんせ、どんぶりの中には大盛りと言っていい分量のたまご粥が入っているのだ。

「そうか。では食べろ。あとは適当に部屋の中を好きに使え」

早口で説明を終え、睡蓮はすたすたと部屋の外へ出ようとする。隠し扉に手をかけたところで、彼女はついと私の方を振り返った。

「お前たちにしか頼めない。あのお方を……どうか、心から救ってくれ」

それだけ言い残し、もう振り返ることなく睡蓮は隠し扉から出ていった。

「ええと……」

雨童の言葉といい、睡蓮の言葉といい、謎が多すぎてすぐにはよく分からない。

しかも、良くて畳の上にゴロ寝だと思っていたのに、想定していたよりも遥かに高待遇。

その上、ご飯まで用意してくれるのは完全に想定外だ。優しい。

「せっかく用意してくれたんだし、ありがたく」

私は睡蓮が置いていってくれたどんぶりを抱え、畳の上に座った。一瞬、失礼ながら毒が入っている可能性も考えたけれど、殺すならこんなまどろっこしいことはしないだろう。今の私、人質らしいし。

一緒につけてくれていた蓮華を使ってたまご粥を一口食べてみる。ふんわり卵の優しい味わいと、つややかな米でできた粥の温かさが身に染みる。少ししょっぱかったけれど、それもいいアクセントだった。

これをあの料理が苦手だと言う雨童が作ってくれたのかと思うと、ありがたさに合掌したくなる。いやそもそも私をここに連れ去ったのは雨童だけど。

お腹がすいていたからかあっという間に食べ終わり、私はしばらく放心状態で辺りを眺めていた。

すると、布団の向こう側、壁を丸く切り取ったような大きなガラス窓のすぐ下に、何か紙が落ちているのを見つけた。

二つ折りになっている紙を手に取り、そっと開いてみる。

【必ず、迎えに行く】

その文字にハッとして、私はもう一度周囲を見渡した。もちろん、部屋には誰もいない。でもこの流麗な筆跡、見覚えがある。

「……神威さん？」

いつだかメモで見たものと一緒だ。きっと彼のことだから、何らかの手段でこの部屋に手紙を置いたのだろう。人神さまだし。

私はその紙を開いたままの姿勢で、布団にパタリと倒れ込む。

姿はない。あるのは手紙だけ。だけど、この紙一つでなんだか光が射して、勇気が湧いてくる自分を感じた。

我ながら、なんて単純なんだろう。

「よし、とりあえずお風呂に入ろう」

少し元気が出てきた私は露天風呂に向かった。使わせていただけるというのなら、ありがたくそうさせてもらおう。

露天風呂には丁寧にも、既にお湯が張られていた。風呂全体が黒いすべすべとした岩で作られていて、体を洗ったあとに私はすぐそこへ浸かる。

温かい湯の中に身を落ち着けると、ひんやりとした外気が気持ち良い。残念ながら、空は曇っていて夜空はあまりよく見えなかった。

「よく分かんない……源氏物語の『夕顔』の句に、万の言の葉？　答えに近づいてるって言われたってなぁ」

ぶつぶつと独り言を言いながら、私はお湯の中に顔の半分まで浸かる。

生意気にも……生意気？　その言葉、どこかで聞き覚えがある。その言葉を最初に雨童から言われた時、私はなんと言ったのだっけ。

そこまで考えて、私の頭の中で何かが閃《ひらめ》いた。

「……あ」

源氏物語の夕顔の『一対』のもう片方の句は、確か。

「『寄りてこそ　それかとも見め　たそかれに　ほのぼの見つる　花の夕顔』、だ……」

夕顔の贈った歌に対して、源氏が贈り返した歌だ。

【近くに寄って見なければ、誰かとは分かりませんよ。黄昏時にぼんやりと見たのだから。美しい花の夕顔を】という意味。

さすが、恋愛百戦錬磨のやり手の返しというか、何というか。だったらもう少し近くで僕のことを見てみますか？　という意味も含む歌だと言われている。

筆跡を変えて源氏はその歌を贈り、お互い身分も正体も隠したまま二人は会うことになる……。まさに「貴方は誰」状態だ。

この句と関連するワードが出てくる、有名な歌があるじゃないか。あの詩集に。

「『万の言の葉』は、確か万葉集の語源の一つって説があったはず……！」

私はザバッと露天風呂から上がり、大慌てで体を拭き、椿《つばき》の美しい絵が書いてある藍色の浴衣に腕を通す。そして考えをまとめようと、濡れた髪も厭《いと》わずどすんと布団の上に座った。

「考えて……考えるのよ自分」

万葉集の有名な歌。神威さんの言った「時期が早すぎる」の意味。そして多分、この日に私が連れてこられた意味。

――『あと数日で、満月ですよ』。雨童が来た時、嘉月さんは確かそう言っていた。

私は思索にふけりながら、そのままじっと、ガラス窓の外に広がる真っ暗闇をぼんやりと見続けた。

誰かが忙《せわ》しなく歩く音が微かに聞こえ、私はうっすらと目を開ける。

いつの間にか布団の上に突っ伏して寝ていたらしく、私はのそのそと起き上がった。変な体勢で寝ていたから、体の節々が痛い。

「あやつは、あやつはおるか⁉」

「お待ち下さい、雨童さま！」

奥座敷の隠し扉がもの凄い勢いで開き、どすどすと足を踏み入れてくる雨童。その後を慌てて睡蓮が追いかけてきた。

あれ、そうか。私昨日ここに連れてこられたんだっけ……。モヤがかかったような頭で、私はぼんやりそう思った。

「あ、雨童さん。昨日はたまご粥ご馳走様でした。美味しかったです」

寝ぼけ眼をこすりつつ私がそう言うと、雨童は一瞬ぽかんとした表情で足を止めた。

「……食べたのか」

「？　はい、もちろん」

作ってくれたと言うのに、何の問題があるのだ。質問の意図が分からず、私は首を傾げた。

「毒が入っているとは思わんかったのか」

「だって、人質殺しても意味ないじゃないですか」

私がそう言うと、雨童は心なしか口角を上げた。

「……ま、どのみちわらわは、お前を手にかけることなどできぬからな。それよりも」

言葉を切り、雨童はむっすりとした顔に戻る。

「そなたのせいで屋敷の外が騒がしい。あやかしたちが集まってきよったようでな。……まあどれもおそらく雑魚《ざこ》じゃがの」

布団の上に起き上がった私の前にどかりと座り込みながら、雨童がそれはそれは大きなため息をつく。

「え？　私のせい、ですか？」

「そうじゃ。そなたのその匂いはあやかしを引き寄せる。なぜ自分ばかりがこれまで不幸な目に遭ってきたか、分かるか？　低級なあやかしは美味《うま》い匂いのする人間の、負の気を喰らって増幅するからじゃよ。そなたを不幸な目に遭わせ、負の気を発させればそやつらは喜ぶ」

「負の気……」

私が呆然と繰り返すと、雨童は苛立《いらだ》ったような調子で畳を藍染の扇子でとつとつと叩く。

「人間とてそうじゃろう、小物ほどよく吠え、小物ほど他の不幸を喜ぶものよ。あやかしも、だから寄ってたかってお前の周りで騒ぎを起こす。……それこそが、そなたが『不幸を呼ぶ娘』であった所以《ゆえん》。そなたは生まれつき、殊更《ことさら》にあやかしに愛される体質じゃ」

流水のごとく一息に言い放たれた言葉の意味を、私は反芻《はんすう》する。

「……あの、ということは」

「なんじゃ」

怖いけれど、どうしてもこれだけは聞いておきたいことがある。私が恐る恐る絞り出した言葉に、雨童は片眉を上げた。

「私の父が若くして亡くなったのも、祖母が亡くなったのも、私がいたせいですか？」

私が小学校四年生の時に、この世を去った父。昨年、亡くなってしまった祖母。死因は二人とも病死だったけれど、私の頭の片隅には「自分のせいなのではないだろうか」という思考が、ずっとちらついて離れないのだ。

「何を馬鹿なことを。これだから無知な人間は困るのじゃ」

扇子をびしりと私の胸元に突き付け、雨童が顔をこちらに寄せてくる。あまりの勢いに、私はたじろぎながら少しのけぞった。

「いいか、よく聞け。あやかしは、祟《たた》ることはあっても人の生死を左右する力まではない。もしあやかしが人の生死に関われるのならば間違いなく、この世の人口はもっと減っていたじゃろうな。そなたの父や祖母が亡くなったのは、確実にそなたの存在のせいではない」

雨童に真正面から目を見つめられ、私は視線を外すこともできずにその場に固まった。すぐ、と胸元が彼女の扇子でさらに圧迫される。

「分かったか」

「わ、分かりました」

私はかすれ声で答え、奥歯を噛み締める。そうしないと色んな思いが溢れてきそうだったからだ。

そうか、じゃあ私は、周りの人を自分の不幸に巻き込んでしまうことは無いんだ……。それが分かっただけでも、ありがたい。

「よし。この話はこれで終《しま》いじゃ」

雨童はすっくと立ち上がり、硬直したままの私を見下ろした。それから睡蓮に向かって指示を下す。

「睡蓮、外の者どもを黙らせろ。結界を強化し、何人《なんぴと》たりとも屋敷に入れるな」

彼女の声が、頭上で聞こえる。睡蓮は短く了解の返事を返し、颯爽と部屋から出ていった。

「それからそなた」

「はい⁉」

「くれぐれもここから出るでないぞ。わらわの屋敷を汚されては困るからのう」

出るなと言われても、私はそれに頷けなかった。この部屋から出なければ、あの『料理』は作れない。私は気持ちを切り替えようと努めつつ、何とか口から言葉を絞り出す。

「大事な人と一緒に見た、『長月』の十三夜。……合ってますか？」

私がそう言った瞬間、雨童の表情が凍り付いた。瞬きすらも忘れてしまったかのように、動作がぴたりと止まる。

「その料理が作りたいんです。厨房を貸してください」

落ちるしばしの沈黙のあと。その蒼い瞳をゆらりと揺るがせ、雨童が立ち上がった。

「わらわはあの神社の店では疎《うと》まれているそうじゃな。何度あの場所に赴《おもむ》いてもまたやってきて、同じメニューを代々の人神に要求してしまう面倒なあやかしとして。ずっとそうじゃ、何度繰り返しても結果は変わらぬまま」

顔が長い髪の影になっていて、雨童の表情は読み取れない。私は言葉を継げないまま、黙って彼女の言葉の続きを静かに聞く。

「仕方がないのだ。……一度愛してしまえば、一度微笑みを返してもらってしまっては、もう忘れることなど決して、できないのだから」

そう呟いたかと思うと、彼女はふらふらと隠し扉の出口へと向かっていった。

「……屋敷から出なければ、厨房は使ってよい」

そう、言葉を残して。隠し扉がパタンと閉まった。

あとに残ったのは静けさと、一人置いていかれた私のみ。

「とりあえず、厨房に行かないと」

まずは今、できることをしなければ。だがそう思って部屋の時計を見上げた私は、その場に硬直した。

時計の針はもう十二時過ぎを指している。窓の外は明るいので、紛れもなく今は正午過ぎだ。

「うわあ……」

携帯の電源が切れていて、いつも頼りにしていたアラームが鳴らなかったからだろう。それにしても、この非常事態にもかかわらず、悠長に真っ昼間まで眠りこけていた自分に呆れを通り越して軽く引く。何たる失態だ。

「気合、入れなきゃ」

自分の頬を強めに両手で叩き、私は立ち上がった。

浴衣をきちんと着直し、乾かさずにごわごわになってしまった髪と格闘の末、それを何とかひとまとめに結い上げる。そしてそろりと、奥座敷から外に出た。

誰もいない廊下を静かに進んでしばらく。

厨房の小屋がある庭を前に、私はごくりと唾を飲み込んだ。

「大丈夫だよね、ここも屋敷の一部だもの」

――あやかしに愛される体質。

真偽のほどはどうであれ、あんなことを言われては、自分を狙っているというあやかしが気になって仕方がない。

私は深呼吸をして、決死の思いで厨房の小屋へダッシュ。そしてわき目もふらず厨房のドアを開けようとして――。

「えっ？」

ドアに手をかけるより早く目の前でドアが奥へと開き、私は勢い余ってそのまま厨房の中に倒れ込んだ。

「痛った……くない？」

てっきり固い地面に体を打ち付けるかと思って目をつむったものの、想定した衝撃が来ない。良い匂いのする布が目の前にあり、状況を把握しきれないまま私は固まった。それに何だか、地面がぬくい。

「重い」

ぼそりと耳元で低く押し殺した声が聞こえ、心臓が跳ね上がった。

この声は。

「神威さん⁉　うわすみませ……ちょ、苦しい苦しい！」

神威さんを押し倒したような体勢に、慌てふためいて起き上がろうと思った矢先。ヘッドロックでもかけるような勢いで、そのまま首の後ろ側に神威さんの腕が回される。ちょっと正直、だいぶ息が苦しい。ただでさえ寝違えて体の節々が痛いのだ。

「……無事か？」

「無事です無事です。むしろ今この瞬間、味方に締め殺されそうなんですが」

ギブギブギブ、と自分の後頭部に回された神威さんの手を、かろうじて自由な右手でぺちぺち叩くと、やっと解放された。何だったたんだろう、一体……。

「悪かったな。不本意だとはいえ、追い出したりして」

「ほんとですよ。いや、あっさり連れていかれた私が言うのもあれですけど……すみません不甲斐《ふがい》なくて」

お互いに地面から起き上がる。息をぜいぜいとつきながら答え、顔を上げると。神威さんがその綺麗な目を眇《すが》め、眩しそうにこちらを見ていた。

見れば見るほど、綺麗な造形だ。しかも今はその美青年が、深い緑色の着物を着て佇んでいるというのだから眼福でしかない。

「本当に、悪かった。追い出さないとあんたを祟ると雨童が言い出したから、必死で。……こんなことになるのなら、手を離さなければよかった」

「そうだったんですか」

目を伏せながら絞り出すように言う神威さんの言葉に、私はこんな状況なのに少し安心した。決して、嫌われたから追い出された訳ではなかった。むしろ守ろうとしてくれていたのだと分かって、私は申し訳ないながらもほっと心の中で胸を撫で下ろす。

「額に傷が」

私のそんな様子にも構わず、私の前髪を少し持ち上げて神威さんが眉をひそめた。意外と目ざといな。

「ああ、これあの、自分でやっちゃったやつです」

「なぜ」

「気合を入れるために自分から柱に頭を打ちつけたら、やりすぎました」

「……」

呆れられているのだろう、神威さんが黙り込む。そのままその場に沈黙が落ちた。なんだか調子が狂いそうだが。今はそれどころではない。

「あの」

私は厨房を見回してから、こちらをじっと見ている神威さんに目を戻す。そして一つ深呼吸をして、一気に言いつのった。

「手伝ってくれませんか。雨童さんへの魔法のメニュー作り」

「あんた、何を作ればいいかもう分かってるのか？」

神威さんの言葉に、私は斜め上の空中を見ながら歩き出した。

昨日「お前」と言われて追い出されたから、呼ばれ方が「あんた」に戻ってちょっぴり嬉しい。まあ今そのことは置いておいて、作るべきメニューのことに集中しなければ。

「……多分？　月見団子？」

「一応合ってるが凄い疑問形だぞ、大丈夫か」

神威さんの指摘に、私は肩をすくめながら冷蔵庫の中のものを再確認する。

栗や小豆はあるが、私の想像通りだと、いくつか足りないものがある。どうしたものか。

その前に、色々と確認しておかなければならないこともあるし。

「あの、神威さん。『招き猫』にあった白紙のメニュー表って、お客さんの『探している思い出』のメニューが神威さんには見えるんですよね？　なぜ、雨童さんはそもそも自分が探している思い出のメニューを知っているのでしょう」

考えてみれば矛盾している話なのだ。私にメニューを当ててみろと言ったということは、探しているメニューが自分自身で分かっているということ。それなら、そもそも思い出を思い出す必要はないはず。なぜ店に来るのだろうか？

「昔の記録を読んだ。あの雨童が、うちの二代目の時代に初めて客として店を訪れた時にも、そのメニューが見えたそうだ。だがなぜか、どこか不完全だったのか、彼女の思いは完全には昇華されなかった」

私の質問に神威さんはそう答えた。

「……それ以来、雨童は自分の負の気が溜まったことを感知すると自ら店にやってくるようになったらしい。でも毎回、あのメニュー表に見えるレシピは同じ。俺には、なぜ不完全だったのかが分からない。だから、このままでは『思い出のメニュー』を作れないと言ったんだ。……そうしたらあんたが攫われた」

そこまで言って、下唇を噛む神威さん。

なるほど、だからいつも出るメニューは一緒なのに、あのお店に通い続けているのか。

不完全。『何かが足りない』ということだ。もう一押し、確信が欲しくて私は質問を重ねる。

「神威さんって、どんな風にあの白紙のページにレシピが見えるんですか?」

彼はその綺麗な顎に手を当てて、考え込む。

「そうだな……本人の記憶を垣間見《かいまみ》ると言ったらいいのか、調理されて、その一場面で食べた『思い出のメニュー』の作り方が、レシピとして見えてくるんだ。その時一瞬だけ、その場面を走馬灯《そうまとう》みたいに見ることもできる」

なんと、対象の人やあやかしが忘れかけた記憶を、一瞬だが覗けるということらしい。

さすが神様、想像の斜め上の能力だ。

「ということはつまり、調理されず、その時その場で食べなかったものはレシピ上に載らないんですね」

「その時食べてないからな。そりゃそうだろう」

頷く神威さんの返しに、私は高揚してくる気分を抑えられずにさらに重ねて聞いた。

「雨童さんのその記憶の走馬灯を見た時、月がどうだったか分かります?」

「月？　満月だったはずだ。雨童が代々来るのは九月ごろ、メニューは月見団子。つまり、十五夜だろう。俺の先代もそう言っていた」

してやったり、と私はにんまりと微笑んだ。

「それです！」

突然の私の大声に、神威さんがびくりと肩を跳ねさせる。

おお、この人でも驚くことがあるのかと私が興味深く見つめていると、神威さんが私のほっぺたを両方つまんで軽く引っ張った。

「びっくりしただろうが。耳元で叫ぶな」

「す、すみまひぇん」

私が神威さんに頬を引っ張られたままの姿で反省していると、彼はその状態をキープしたまま、今度は肩を震わせ始めた。

「こうすると、だいぶ面白い顔になるな」

「人の顔で遊ばないでくださいっ！」

思い切り神威さんの手を払い落としても、まだ笑われている。

私はため息を吐きながら冷蔵庫から上新粉を引っ張り出し、一息つくために深呼吸した。

仕切り直しだ、仕切り直し。

「あのですね、多分ですけど九月の十五夜じゃなく、正しいのは十月の十三夜です。中秋《ちゅうしゅう》の名月じゃない」

「十三夜？」

「雨童さんって、『長月』ごろ……つまり近年では九月の満月になりかけの時期に、お店に来てたんでしょう？　だからもっと紛らわしかったんだ、旧暦と新暦にはだいぶズレがありますし」

十三夜。日本古来の年中行事の一つで、旧暦の九月十三日に綺麗な月を愛《め》でるお月見の行事だった。ちなみに新月から十三日目だから、月は限りなく満月に近い形になる。

今となってはマイナーな行事になってしまっているけれど、十五夜、十三夜の片方だけしか見ないのは「片見月」と言い、縁起が良くないこととされていたとか。

きっと昔は、どちらも行事として生活に組み込んでいた人もいたのだろう。

そして旧暦は、今の新暦とは一ヶ月ほどズレているから、新暦で言えば十三夜は十月ごろのどこかに当たる。月の周期を元に数えている旧暦と違い、新暦になるとその日程は一定ではないので、より紛らわしい。

しかも雨童は、なぜか今の人間のカレンダーを使っているようだった。

もし、人間の暦が新暦になって、旧暦とはズレていることをまだ知らないとしたら。新暦のカレンダー上の九月『長月』を、昔と同じ『長月』だと思っているとしたら。

「新暦の十五夜も十三夜も、日付が旧暦と違って幅も広くて、ブレブレですからね」

噛み締めるように私が説明し終える頃には、神威さんの目の色が変わっていた。さっきまでのからかいの色などない、真剣な色に。

「そうか。俺たちのような近代の人間には、九月の満月近くに来られたら記憶の走馬灯の中のほぼ満月の風景と、レシピのこともあって、十五夜としか思えなくなる……」

唸りながら神威さんが腕組みをした。そして私が冷蔵庫から出してきた食べ物の数々に目を留める。

「確かに、それなら足りないな」

「そうなんですよね」

十三夜は十五夜と違い、月見団子以外にさらなるお供え物があるのだ。

十三夜の別名は、『栗名月』もしくは『豆名月』。栗や枝豆もしくは大豆を供え、ブドウなどの果物も供えるのだが。

団子以外の供物《くもつ》は供える時その実のまま置いているから、調理はしない。いわばその日は「供えて飾る」だけなのだ。

もしそれを持ち帰り、後日どこかで思い出に浸りながら食べていたりしたのなら……人神のあの白紙のメニュー上のレシピに、そこまでの情報は載ってこないだろう。『調理された、その場の思い出のメニュー』ではなくなってしまうから。

「想定外ではありますよね。特殊な事例というか」

私が言うと、神威さんは目を伏せて頷いた。

「ともかく、ひとまず枝豆とブドウだな。嘉月に買いに飛ばせよう」

「そんなことできるんですか」

訝しげに聞く私の言葉に、神威さんが着物の懐から一枚の紙切れを取り出した。

そこに文字を書きつけ彼がふっと息を吹きかけると、紙はみるみるうちに白く小さな鳥に形を変え、開けた窓の外へ飛び立ったのだ。

「一時的な式神だ。伝言くらいなら念じた相手の元へ、近ければあやかしが張った結界の外へも飛ばせる。あんたのとこへも昨日送っただろう」

「あ、昨日来ました！　ありがとうございます」

昨日のあれはやっぱり、神威さんの手紙だったのだ。

私が浴衣の帯の中にしまっていた昨日の書き置きメモを取り出すと、神威さんは一瞬目を泳がせたあと、戸惑ったような顔で「なんで持ち歩いてるんだ」と一言。

「自分は一人じゃないって思えて勇気がもらえるので、ありがたく」

そう言うと、神威さんは目を見開いて何かを言いかける。

が、それを聞く前に厨房のドアがもの凄い勢いで開いた。私たちは慌てて身構える。

「彩梅ちゃん、良かった無事だった！」

一人の見知った人物が飛び込んできて、私たちはこわばっていた肩を緩めた。

「翡翠さん！」

「ごめんね昨日は、僕がついておきながら」

翡翠さんが困ったように眉を下げ、手を胸の前で合わせた。彼も神威さんと同じく着物を着ていて、その色は淡い青色。こちらも着ているものがその甘いマスクによく似合っている。

私はぶんぶんと頭を振った。謝るのはこちらの方だ。

「いえ、むしろ私の方がすみません。あれだけ神威さんにも翡翠さんにも注意されていたのに、あっさり連れてこられてしまって」

「何で謝るのさ、水臭いねえ。僕たち、同じ鍋のご飯を食べた仲間じゃないか。そんなこと気にしなくていいよ」

「翡翠、それを言うなら『同じ釜の飯』だ。お前はよく言い間違えるな……」

神威さんの静かな指摘に、翡翠さんはきょとんと小首を傾げた。

「そうだっけ？　まあ意味は通じるから問題なし！」

それにねえ、と言いながら翡翠さんは悪戯っぽく右の口角だけを上げて微笑む。

「忘れちゃだめだよ彩梅ちゃん、そもそも神社から追い出したのは神威なんだから。もっと責めてもいいんだよ？」

翡翠さんの言葉に、神威さんが気まずそうな顔をする。そんな彼を見て翡翠さんは苦笑した。

「ま、大反省会が始まりそうだからこの話はおしまい！　ねえ話変わるけど、団子作るならこれも使えたりする？」

翡翠さんが話を切り替えながら、「あるもの」が入ったタッパーを掲げる。

中を開けると、爽やかな緑色の餡がぎっしりと入っていた。抹茶よりも若干色が薄めの、綺麗な緑色だ。

「これ、ずんだ餡ですか？」

私が恐る恐る尋ねると、翡翠さんがぱっと破顔した。

「正解。僕の小腹空いた時用のものなんだけど、使えるかなって」

「なるほど面白いかもな……と言いたいところだが。翡翠、お前なんでこれから団子作ることを知ってるんだ」

「ぎくり」

翡翠さんが神威さんの方向から目を逸らし、わざとらしく明後日の方向を見上げる。

「さては、部屋の外で聞いてたな。いつからだ」

「『こんなことになるのなら、手を離さなければよかった』らへんからかなあ」

「そのセリフは繰り返さんでいい……」

てへへと言いながら照れ臭そうに髪をかく翡翠さんを前に、神威さんが脱力する。

「ま、話は把握してるにこしたことないでしょ？　よかったらこのまま小豆餡も作るよ。スイーツなら僕にやらせて！」

翡翠さんがドンと胸を叩き、お供え用の小豆と餡にする小豆を早速選《え》り分《わ》け始めた。完全に、聞き耳を立てていた事実を誤魔化そうとしている。

「……いや話が早いのは助かるけどな」

ぶつぶつと言いながら神威さんが自分の目を手で覆う。その声にどことなく悲哀の色を感じ、私は神威さんの顔を覗き込んだ。

「神威さん？　どうしたんですか」

「……いやなんでもない。とにかく切り替えよう」

ため息を吐いて顔を上げる神威さんの横から、翡翠さんが満面の笑みをたたえながらひょっこり顔を出してくる。

「切り替えるって、何を？」

「いいから、翡翠は餡を頼む。作ってくれるんだろ？」

「へいへーい」

質問をかわされた翡翠さんが肩をすくめて作業に戻る。その後ろ姿を見届けてから、神威さんが私の方に視線を戻した。

「よし、それじゃあんたは月見団子の用意、手伝ってくれ」

「も、もちろんです！」

二人の会話の意味も気にはなったが、今はとにかく団子を作らねば。神威さんの言葉に頷き、私は腕まくりをする。浴衣の袖は邪魔だからその辺にあった紐で絞る。

神威さんが上新粉を深めの皿にざっと開ける隣で、私は鍋に水を入れ、火を熾《おこ》して温める準備をする。神威さんが手伝ってくれると、薪に火もすぐついた。

ボウルの代わりになる深い皿に上新粉を入れ、神威さんと一緒にぬるま湯を少しずつ加えながら手でこねていく。ダマのないように全体をよく混ぜ、粉っぽさがなくなって耳たぶくらいの柔らかさにまとまるまでこねるのだ。

なかなかまとまらないが、そこは根気強く。しばらく続けていると、生地がもちもちとした感触になっていく。そして棒状にしたものをちぎって丸める作業に入る直前。神威さんがこちらを真剣な目で見て言った。

「団子は丸くすると、亡くなった人に供える『枕団子』になってしまう。だから団子を丸める時は少し潰しておいてくれ。……雨童の場合は、特にまずいだろう」

「ですね」

その意味を汲み取って、私は頷く。二人で団子をこねて形作り、出来上がったらそれを今度は沸騰したたっぷりの湯の中へ投入。

「冷水を汲んでくるから団子見ててくれ」

「はい」

私は指示通り湯の中でコポコポと揺れる団子を見守る。二、三分待って湯の表面まで団子が浮上してきたところで、ちょうどよいタイミングで神威さんが戻ってきた。

汲み上げたばかりの冷たく清らかな井戸水を、大皿に入れて持ってきてくれたので、つるんとした団子を掬《すく》い上げてそこへ入れる。

粗熱《あらねつ》が取れたら別の大皿に取り出して乾かす。これでひとまず第一段階が完成だ。

「お、そっち終わった？　もう少しかかるから二人は休んでて」

そう言いながら、翡翠さんが小豆を煮ている鍋を真剣に見つめたまま、不敵にニヤリと笑う。私と神威さんは邪魔にならないように素直に頷き、段差上の床に並んで腰かけた。

自分の味方が近くにいてくれる安心感のせいか、よく分からない環境下で張り詰めていた緊張の糸が切れたせいか。無言で座っていると、身体に疲労感が今更どっと押し寄せてきた。

昨日変な体勢で寝たからあまり眠れていなかったのか、頭もぼんやりしている。

餡を炊く、甘く柔らかい匂いが漂う中で、私はいつしか夢の中へと落ちていったのだった。

視界の中に、薄桃色の花びらがはらはらと散っていく様が映る。そしてその桜の木の下には、誰かがいた。

ああ、またこの夢だ。最近この夢をよく見る。

でも今回はこれまでと違って、少し景色がはっきりしてきた夢。桜の下にいるその人は、私の目線まで屈み込んでからそっと私の頭に手を置いて、こう言うのだ。

「逢魔時には気を付けて。攫われていって、しまわないように」と。逢魔時、つまり黄昏時。今もキーワードは黄昏時だ。

頭の上にそっと置かれた手の感触。こちらを心配してくれているのがひしひしと伝わる声。

記憶は曖昧で、ぼんやりとしていて掴みどころがないけれど。間違いない。私はあの手の感触を、よく知っている――。

部屋が暗い。そして底冷えがする。がばりと身を起こして辺りを見回すと、さっきよりも窓の外が薄暗くなっていた。多分もう夕方くらいなのだろう。

「起きたか」

ふと、そばで声がした。左足を投げ出し、立てた右足の膝の上で頬杖をつきながら神威さんがこちらを見下ろしている。

「うわすみません、大事な時に……！」

跳ね上がって私が土間へ立つと、神威さんものそのそと動き出す。後ろで何やら大きないびきが聞こえると思ったら、いつの間にか翡翠さんも猫又の姿で畳の上に寝ているのが見えた。

「相当疲れ果てた顔してたからな、無理もない。ここは強大なあやかしの屋敷だ。雨童の負の気のせいか瘴気《しょうき》も漂っているし、普通の人間ならとっくに卒倒してる。むしろ、あんたが動き回ってたことの方が驚きなんだが」

「そうだったんですか」

私はこきこきと肩を回してみる。うん、休んだからかさっきよりも体が軽い。軽く伸びをして、すっかり冷え切った竈に薪をくべに行く。

「ところで、何か他に作るものはありますか？」

私が聞くと、神威さんは腰を上げながら「ああ」と答えた。

「月見団子用のたれを作りたい。砂糖と醤油、探してくれないか」

「合点承知です」

目当てのものを見つけて戻ると、神威さんが乾いた団子を綺麗な布巾に挟んで平らに潰し、網を出して隣であぶり始めていた。

「二人とも何しててんの？」

いつの間にか起きてきた翡翠さんが興味津々といった調子で、猫又の姿でぴょんぴょん跳ね回る。こうしていると、食べ物をねだっている猫みたいにしか見えない。

「焼いて砂糖醬油で食べる月見団子。それが『思い出のメニュー』だからな」

翡翠さんに答えた後、神威さんは「そういえば」と言いながら私の顔を見た。

「そもそもあんた、なんで『思い出のメニュー』が出たのが、長月の十三夜の時だと分かったんだ？」

それはですね、と神威さんの質問に答えようとした時。

外に何かの気配を感じて私は一瞬、言葉を呑み込む。その気配が厨房の扉をゆっくりと開き、私はそこに立つあやかしの影を見た。

「万葉集の『誰そ彼と　我をな問ひそ　長月の　露に濡れつつ　君待つ我を』の歌と、その季節の行事が、答えだったからです。——ですよね、雨童さん」

扉の向こうのあやかしに私がそう問いかけると、彼女はその口にゆっくりと弧を描き、静かに頷いた。

「……正解じゃ。よう答えにたどり着いたのう、あやかしに愛される娘よ」

「一体何の話だ」

訳が分からん、とでも言いたげに眉間に皺を寄せる神威さん。そりゃそんな反応になるだろうなと思っていると、雨童が深々とため息をつきながら厨房へ入ってきた。

「そなたら、いつの間に入り込んできた。……まったく、パワーバランスには困ったもんじゃ。ここの主人はわらわぞ」

「あのね、あやかしが造った使い魔は神に逆らえるほど力が強くならないの。もっと言うと力の順に強いのは上から神、人神、あやかし。あやかしの使い魔は持ち主の力以上に強くはなれないから、勝てないいんだよね」

パワーバランスって何だろう。そう疑問に思っていたのが顔に出ていたのか、翡翠さんが私に説明してくれた。神威さんの手元から引ったくった団子を食べて、人間の姿にポンと変化しながら。

なるほど。それで神威さんたちは足止めされることなく屋敷の中に入れたのか……。

「こそ泥みたいに言われるのは気に食わないな、料理を作りに来ただけだ。……もういいだろ、こいつは返してもらう」

神威さんが私の肩を掴み、ぐいと後ろへ引き寄せながら言った。私は慌てて神威さんを見上げて、声をかける。

「あの、ちょっと待っ」

「……それはならぬ。まだわらわは料理を食べておらん」

私の言葉に、雨童の声が被さった。眉毛が片方吊り上がっているから、おそらくなかなかご立腹だ。

「一方的にこいつを攫って圧力をかけてきたのはそっちだろう。今すぐに連れ帰ってもいいんだぞ」

応戦する神威さんの声色が変わった。私の肩を掴む手にも力がこもっていて、肩にわずかな痛みが走る。

でも私にはその痛みよりも、雨童の表情の方が気になった。怒っているような眉の下、彼女の蒼い目は今にも泣きそうに潤《うる》んでいたのだ。

「あ、あの。せっかく作ったんですし、お月見やっていきませんか……！」

分かってる。わざわざ助けに来てくれた神威さんたちに、自分勝手なことを言っているのは。

でも、あんな顔をした雨童を一人放ってはおけない。

だって、だってあの歌の意味は……。

「いいじゃない神威、もう大丈夫なんだからここで焦らなくたって」

翡翠さんの援護が入り、私が身じろぎすると微かに神威さんの手の力が緩んだ。

「すみません神威さん。でも、このまま帰るだけじゃダメだと思うんです。お願いします」

「……分かった。あんたたちがそう言うなら」

しぶしぶといった様子で神威さんが折れる。

雨童がその瞬間、ほっとしたように肩の力を抜いたのを私は見逃さなかった。

　無言で雨童が先導して私たちを連れてきたのは、昨日彼女が腰掛けていた縁側だった。

　既にそこには睡蓮と、灰色の着物を着た人間の姿の嘉月さんがいた。私たちを見るなり、嘉月さんは慌てた様子で走り寄ってきた。

「翡翠くんずるいですよ、私を置いていくなんて。私なんて今戻ってきて、やっと入れてもらえたんですからね！」

「うあ、ごめんごめん。で、神威から頼まれた買い物は？」

　不満げな嘉月さんをいなし、翡翠さんが会話の方向を変える。嘉月さんはころりと笑顔になり、胸を張って揚々とビニール袋を空中に掲げた。

「もちろん、指示された通りに」

「助かる。本当にありがとう、嘉月」

　神威さんが珍しくにこやかに微笑んでそのビニール袋を受け取る。

「主《あるじ》に感謝していただけた、何たる光栄……」

　どうやら置いていかれたことはそれでチャラらしい。それでいいのか、嘉月さん。

「わらわは何をすればよいのじゃ」

　私の隣でぼそりと呟きながら、雨童がいそいそと手をもむ。

　顔はつんと澄ましているが、私たちが作ったものが気になって仕方がないみたい。こうしていると、やっぱりあどけない少女のように見える。

「月見団子と、お供え物を並べましょう。ほら、今夜は月が綺麗ですよ」

縁側から見える夜空は、今日は晴れていた。ぽっかりと浮かぶ、淡く光る満月に近い月。

雨童は私が掲げた食べ物を見つめ、こくこくと素直に頷いた。そしてじっと、お供え物のブドウや栗、小豆、枝豆を興味深げに眺める。

「供え物……？　今まであの店でも出たことはなかったが」

「十三夜は別名、豆名月と言うんですよ。本来、豆などの供物をお供えするんです」

私が言うと、目を見張って雨童がこちらを見る。そして無言で供え物に手をのばしかけたかと思うと、触らずにすっと引っ込めた。

「月に供えた後は、今日ここで一緒に食べましょう。炙《あぶ》って砂糖醤油を塗って食べても美味しいし、ずんだ餡も小豆餡もあります」

私は神威さんが焼いてくれた、平らに潰して網の上でこんがり火に炙った月見団子を、砂糖醤油にさっと潜《くぐ》らせて雨童に渡す。雨童はぼんやりとそれを受け取って食べ、供え物と団子をそろりと見比べた。

何度か口の中で噛んで味わい、ごくりと団子を飲み込んだ瞬間、雨童の顔色が変わった。

唇がわなわなと震え始め、彼女はそっと枝豆や小豆を手に取る。

「……思い出した、やっと思い出したぞ。そうだ、あの時は供物が確かにあった……団子だけでは、なかったのか」

　そして、震える手でお供物の豆の方を指さす。

「そうじゃ、わらわは約束したのじゃ。次は、必ず一緒に、供えたものを使った餡と団子を共に作って、月を見ながら食べると……わらわの大切だった、ヒトと」

　大切な人。大切『だった』ヒト。

　そう、きっと雨童はその昔、その人と月を見るのを楽しみにしていたのだ。

　雨童が私に謎かけのように出したヒントは、源氏物語の夕顔の歌と、私の「生意気にも知っていた」言葉。そして、万の言の葉の歌とその月の行事だ。

　源氏物語の夕顔の一対の句のうち、片方は『寄りてこそ　それかとも見め　たそかれにほのぼの見つる　花の夕顔』。お互いが身分を隠して逢瀬を重ねる男女の、源氏側の歌だ。

　そして私の「生意気にも知っていた言葉」は、私が攫われる間際に、赤信号へ駆けていった少女の正体を暴こうとして出た言葉。

　この二つには共通点があった。私が神威さんたちに教えてもらったおまじない――そう、「誰そ彼」という言葉が。そして、そのワードが出てくる歌が、万葉集には一つだけあるのだ。

　それが『誰そ彼と　我をな問ひそ　長月の　露に濡れつつ　君待つ我を』。

　歌の意味は【そこにいるのは誰なのと、私に聞かないでください。九月の露に濡れながら、愛しいあなたを待っている私のことを】。

これは、大切な想い人を待つ切ない気持ちを歌った女の歌だと言われている。雨童が好きだと言った話や歌は、どちらも切ない恋物語だ。

大切な思い人。きっと、雨童にとっては、昔好きだったヒト。

でも、その人はもう、きっとずっと昔に――。

「……約束したというのに、あやつはそれを果たす前に逝ってしもうた。人間は本当に、か弱いのう……何人《なんぴと》たりともその運命には逆らえん」

雨童がずんだ餡を見つめながら、ぽつりとそう言った。

「そうじゃ、わらわはこうして共に食べたかった……ようやっとはっきり思い出したぞ、遠い昔のあの時の感情を」

雨童が網の上で焼いた月見団子をひょいと何個か持ち上げ、砂糖醤油に絡ませる。そして彼女は私と神威さんに、団子を載せた皿を無言のまま突きつけてきた。

どうやら食べろということらしい。私と神威さんは顔を見合わせて、同時に団子を手に取って口へと運ぶ。

団子を一口噛み締めた瞬間、もっちりとした団子の柔らかい生地と、その表面を炙った香ばしい香りが、ほんのり甘辛い砂糖醤油のタレと絡まって口いっぱいに広がった。

その美味しさを噛み締めながら、淡く檸檬《れもん》色に染まる月を見上げ、私は雨童が静かに語り出す言葉を聞く。

「わらわとあやつが初めて会話を交わしたのは、奇《く》しくも逢魔時じゃった。一言目に『お前は誰だ』――つまり、『誰そ彼』と聞かれた。思い切り警戒されての」

思い返したのか、雨童の口元が緩やかに上がる。

「変わった男だった。誰よりも美しく、誰よりも寂しい男。最初は噂を聞き、興味本位で訪ねていったが……独りだったわらわは、『誰そ彼』と問われた、そのたった一言が嬉しくてのう。『誰だお前は』の言葉は、わらわをわらわだと認識しているからこそ、問うた言葉じゃ」

語りながら雨童は物珍しそうな表情で、綺麗な薄緑色をしたずんだ餡を、焼いた団子に載せる。一口食べて顔を綻ばせた雨童は、そのまま昔話をしてくれた。

「わらわは気まぐれなふりをしてその男に会いに行くことが楽しみになった。……その男に、一番大切な存在ができるまでは。あれは本当に、しんどかったのう。自分の大切なモノのそばに、その一番がいると分かってしまったのだから」

話題が移り変わるにつれ、だんだんと雨童の瞳が悲し気に眇められていく。

「それからわらわの足が遠のいてしばらくして、一通の手紙が届いた。差出人はその男の妻。……そうじゃ、それが始まりだった。思い出したぞ……」

私たちは団子を食べる手を止め、ごくりと唾を飲み込む。妻から、昔夫と会っていた絶世の美女のあやかしに送られた手紙。そこには一体何が書かれていたんだろう。

「手紙には月見の誘いと、夫が家でどれだけわらわについての話をしているかが書かれておった。そして自分もわらわに会いたいと、そう書かれておったのじゃ」

これを男の妻からの挑戦状だと捉えた雨童は、二つ示された日程のうち、後の方を選んで会いに行った。何でも「早く行くと、張り切っていると思われそうで嫌だった」らしい。よく分からないところで意地っ張りなのはその頃から変わらないみたい。

「行って驚き、そして恥じた。……思い込みで人を勝手に決めつけていた醜《みにく》い己を。女はわらわに挑戦などする気もなく、夫が昔世話になったあやかしと会ってみたいと純粋に考えていたようじゃった。……わらわとなかなか気が合う変わった女での。夫を差し置いてわらわと話に花を咲かせるものだから、途中から男の方が拗《す》ねておったな。ああして、月を見上げて誰かと語らいながら食べる飯は、心底美味かった」

雨童はそこで一旦言葉を切り、ずんだ餡や小豆餡を載せた団子を小皿に分け、私と神威さん、翡翠さんと嘉月さんの前に置く。

そして睡蓮の前にも置いたかと思うと、彼女の頭にそっと手を乗せて優しく撫でた。睡蓮がびっくりしたように体を硬直させ、目を丸くする。

「その女が教えてくれたのじゃ、その日が『長月』の十三夜だと。供え物も使って家族皆で餡を作るから、次は作るところからわらわもぜひ一緒に、と言われ……次も必ず来ることを約束してわらわは帰った。だが、もうその『次』は来なかった。十三夜よりもずっと前の、春の日に二人は逝ってしまったのだから」

目を伏せながら、雨童は黙々とずんだ餡と小豆餡の載った団子を食べる。

何も言えず、じっと団子を見つめて雨童の過去に想いを馳せていると、背中にバシンと衝撃があった。

「何をしんみりしておる、勝手にわらわを哀れむでない。こうして思い出と向き合って食べることができたのだから、少し胸のつかえが下りたぞ。……わらわはこうしてもう一度、共に食べたかったのじゃ。自分の愛していた男と共になれた女を羨ましく、切なくも思うたが、それ以上に愛しいものたちと食を共にできる、あの人間たちのような『家族』が羨ましかった」

睡蓮の頭をもう一度撫で、雨童は心なしか声色を明るくする。

「愚かじゃのう、こんなに近くに答えがあったというのに。大切なヒトビトは遠い昔に亡くしたが、わらわには睡蓮たちが、大切な家族がおる。独りでは、もうない。こうして新しい友人もできたしのう」

「雨童さま……光栄でございます」

睡蓮が深々とお辞儀をし、その背をトントンと叩き優しくねぎらう雨童。

一方の私は、さっき雨童から背中に食らった一撃が思いの外重く、ゲホゲホと咳き込んでいた。腕力強いなこのあやかし。翡翠さんが気遣わしげな顔で私の背中を撫でてくれて、少し痛みは治まった。

「しかしそなた、なぜ源氏物語の夕顔と聞いてもう片方の歌が思い浮かんだ？　わらわは夕顔が詠んだ歌の方しか具体的に言っておらぬぞ」

「……だって雨童さん、その歌の話をした時に『一対』と言っていたでしょう。歌がもう一つあるということを強調している訳だから、もう一つの歌の方が本当は大事なんじゃないかと思ったんです」

私は息をつきながら雨童の質問に答える。

そもそも素直に教えてくれる訳がない。しばらくそばで見ただけでも分かる。

この雨童は、根っからの天邪鬼《あまのじゃく》だ。

「……やはりわらわはそなたが嫌いじゃ。永遠に」

「え、何でですか」

私の抗議に雨童が扇子を開いて口の前に掲げ、ぷいとそっぽを向いた。

理不尽な『永遠に嫌い』宣言に少なからずショックを受けた私だが、扇子を持つ雨童の手が少し震えているのと、雨童が向こう側で微かに笑っている気配を感じて思わず微笑んでしまった。そうか、これも『天邪鬼』か。

「雨童がここまで打ち解けるとは、あんたもなかなかやるな。代々の記録にもない情報ばかりだ」

「別に打ち解けておらんぞ」

神威さんが私に言った言葉に、雨童が食い気味に反論する。それを完全にスルーして、神威さんは顎に手を当てて考え込んだ。

「そうか、今までの代々の人神は、雨童の求める料理の出てきた場面が『長月』の行事であることを知らなかったんだな。団子だけでなく、『食べていないメニュー』を思い出す鍵も足りなかったのか……」

「だから思い出せなんだか。わしの記憶を呼び起こすには、今までは不十分だったのじゃな。神とて万能ではないからのう」

その言葉に、神威さんがぴくりと片眉を上げる。そのままむっつりと難しい顔で口をつぐみ、完全に神威さんはだんまりモードになってしまった。

突如として重くなった空気に、私は慌てて話題を切り替える。

「あの、ちなみに雨童さんは現代の人間のカレンダーを使ってるみたいですけど」

「そうじゃ。人間の最先端の感覚に、少しはついていかねばと思ってのう。いやはやなかなか最近の暦は、絵の綺麗なものが多いものよ」

確かに最近のカレンダーは、デザインや写真やイラストが豊富だけれど、それはともかくとして。

「今の九月が、昔の『長月』とは一ヶ月ほど違うのって、知ってます……？　新暦と旧暦」

「なんじゃそれは。呼び方が一緒なのに、同じではないのか？」

雨童は私の質問に、扇子で口元を隠すのも忘れてぽかんと口を開けた。

やっぱり知らなかったんかい、と私は思わず心の中でツッコミを入れる。意外とこのあやかし、ヌケてるのかもしれない。

「そんな生暖かい目をするでない。やはり生意気じゃのう、これでも食ろうとれ」

そう言いながら雨童が、私の口にずんだ餡と小豆餡を両方載せた『欲張り団子』をぽすんと放り込んだ。

枝豆の風味豊かなどこか香ばしい味と混ざって、ほのかに砂糖が甘みを利かせる幸せなハーモニーのずんだ餡。その味と共に、粒々した豆の食感と滑らかな団子の生地が口の中で一緒になって弾ける。

そして、翡翠さんがじっくり時間をかけて炊き上げた、ふっくらむくりとした小豆餡。小豆の粒を潰さずふっくらと風味を生かし、蜜をじんわりしみこませながら炊いた味だ。

「おお、これは美味しい……！　翡翠くんの小豆餡もさすがです」

嘉月さんが餡を絶賛し、翡翠さんも嬉しそうにひょいひょいと団子を口に放り込んでいる。

その横で睡蓮が、恐る恐る餡が両方載った団子を食べる。彼女も耳をぴょこぴょこさせながら頬を押さえるのが見え、私は思わず顔を綻ばせた。

「月明かりの下でこうして月を愛で、採れる作物に感謝を捧げ、分け合って食べる。……こうも幸せな瞬間に気づくとは。ああ、久しぶりに気分が良いのう」

扇子を口元に掲げ、雨童がその後ろ側でゆっくりと目元を和らげる。そして私たちの方へと身を屈め、そっとこう囁いたのだ。

「……のう、この中に紛れ込みながら、この風景をどう見ているのじゃ？　わらわよりも業《ごう》の深い、大嘘つき者よ」

第四章　誰も知らない物語

突然雨童の口にのぼった「大嘘つき者」のワードに、私たち青宝神社の面々は固まった。

私はみんなをぐるりと見回し、神威さんは無言で眉間に皺を寄せ、翡翠さんは硬直したまま口の中に残った団子をとりあえずもぐもぐと咀嚼《そしゃく》し続け、嘉月さんは団子に手を伸ばそうとした姿勢のままぴたりと動きを止める。

「この中に、嘘つきがいる……？」

私が呆然と繰り返すと、「そうじゃ」と雨童は鷹揚《おうよう》に頷いた。

「なぜ、嘘をつく必要がある？　そしてそれが本当ならばなぜ、それをお前が知っている」

神威さんがしかめっ面をしたまま、静かに雨童に問いかける。

「ほんとだよねえ。嘘、かあ」

翡翠さんが腕組みをしてぐぬぬと唸る横で、嘉月さんがやっと動き出して眼鏡を上に押し上げた。

「その嘘が、どんな種類かにもよりますね」

「ほう、種類か」

嘉月さんの言葉に雨童がつと上を見上げ、考えるそぶりを見せる。

「そうじゃのう、強《し》いて言えばお前たちの今後に危機が及ぶかもしれぬ類《たぐい》の嘘じゃな。それにもう、そなたらはその『大嘘つき者』の術の中。自分から気づくしか、その術を破る手立てはない」

それってだいぶ大変なやつなのでは……。私たちはそれぞれ、不安げな表情でお互い顔を見合わせる。

一方、こともなげにさらりと言ってのけた雨童は、晴れ晴れとした顔をしていた。

「一つ、手がかりをくれてやろう。大嘘つき者は、『神々が定めし時に縛られぬ者』じゃ」

「いや、何も手助けになってないんですが」

私はがっくりと肩を落としながら呟いた。何を言うのかと思ったら、また難解なヒントを。

天邪鬼にも程がある……！

私が頭を抱えていると、雨童はからからと声高く笑い声を上げた。

「楽しみにしておるぞ。そなたらが選ぶ道を」

ぱちんと扇子を閉じ、雨童がにっこりと綺麗な顔で微笑む。どんなモデルも顔負けの美貌に、女の私でも一瞬くらっときてしまった。いや今はそんな場合ではなくて。

「さあさあ、ともかくそなたらはそろそろ帰れ。早く帰らぬと、その娘の記憶が消えてしまうぞ」

「話を逸らしたな」

神威さんが低い声で唸ると、雨童は大げさな身振りで自らの小さな口に手を当て、目を丸くする。

「おや、人神よ。その娘の記憶が消えてもよいというのか？」

「それは全くよくない」

雨童の問いかけに、神威さんがちらりと私を横目で見ながら間髪容れずに答えた。

「清々しいほど即答じゃの、面白うない。睡蓮、さっさとこやつらを送ってやれ」

神威さんの淡々とした返しに眉をひそめ、ほれ帰った帰った、と雨童は手をひらひらと振る。雨童に指示された睡蓮はすっと私たちの前に進み出て、「帰り道はこちらです」と右手で廊下を指し示した。いつの間に持ってきたのか、私の鞄を左手で差し出しながら。

その二人を見比べてから深いため息を吐き、神威さんは私の右腕をぐいと引っ張る。

「帰るぞ」

「え、でも」

大嘘つきって、何のことなのだろう。それは青宝神社の面々の中で、誰かが何らかの『本当のこと』を私たちに隠しているということで。何かもっと聞いておかなくていいのだろうか、と私は後ろ髪を引かれる思いでその場に留まる。

「あの雨童だぞ、これ以上はあのよく分からん助言以外に何も引き出せないだろう。あんたの件の方が先だ」

「そうですね、ひとまず帰りましょう」

神威さんの言葉に嘉月さんが賛同し、翡翠さんが私の背中をそっと押す。その流れに押し出される私に、縁側から月を見上げる雨童が、後ろ姿をこちらに向けたまま声をかけてきた。

「世話になったのう、彩梅。またわらわと料理を作ってくれ。そなたの抹茶寒天とわらわの黒豆、非常に良い相性だったぞ」

「は、はい！　ぜひ」

私も肩越しに、彼女に向かってそう答える。最後の最後に名前を呼んでもらえたことがなんだか嬉しくて、私の声は裏返った。

雨童はくるりと私の方を振り返り、目を眇めてこう続ける。

「……彩梅。幸せにならねば、許さぬからな」

「え？」

どういう意味ですか、と尋ねようとした時。

ちょうど廊下の突き当りのところで、私の視界が暗転した。感じるのは私の右腕を強く掴む神威さんの手の感触だけ。何も見えず、急に世界から光が失われる。

「雨童の特別な通り道だ、暗いが少し我慢して歩いてくれ。今度はもう、はぐれるなよ」

神威さんの囁き声がすぐそばで聞こえたかと思うと、私の腕を掴んでいる手に、さらに力がこもったのを感じた。

触覚と聴覚以外の五感が全て閉ざされたような暗闇の中。腕を引かれるまま歩いているけれど、どこに向かっているかも分からず、自分を覆うのは先も見えない暗闇だけ。

ここで手が離れたら最後、二度と光のあるところに戻れない気がして怖くなってくる。

「おい、大丈夫か。もう目開けていいぞ」

神威さんの声が聞こえ、とんとんと肩を叩かれる。

真っ暗闇の中でいつの間にか瞑ってしまっていた目を開けると、視界の中に青宝神社の鳥居が入ってきて、私は思わず後ろによろめいた。

「え？　いつの間に？」

「雨童が自分の屋敷から神社への道を開けてくれたんだよ。あのあやかし、どこにでも道作れるから。ほら、雨ってどこにでも降るでしょ？」

「はあ……」

翡翠さんの説明に、私は驚きのあまり気の抜けた返事をしてしまった。

雨童の力、恐るべし。凄く便利な能力だ。その力があれば体をあまり動かすことなく、どこにでも移動できるじゃないか。

「彩梅さん、今現金なこと考えたでしょう」

「いえいえいえ全然！」

嘉月さんの冷静な指摘に、私は取り繕ってぶんぶんと頭を振る。確かに便利だなとは思ったけど、私の思考はそこまで分かりやすいのだろうか。

「でも道を開くのには、いくら雨童とはいえ、結構負担かかるからねえ。相当彩梅ちゃんのこと気に入ったんだね、彼女」

前言撤回。翡翠さんの言葉を汲むと、どうやらあの道はほいほい作れるものではないらしい。

「いや気に入ったというか、何というか……」

「いや、本当に気に入らなかったり機嫌が悪かったりすれば、雨童の気分に同調してその場が土砂降りになる。俺たちがあの縁側で月を見れたこと自体がだいぶ奇跡だぞ」

私のしどろもどろな答えを、神威さんが即否定する。言葉が宙に浮いた私はこほんと咳払いをして、神威さんを横目で見た。

「多分それ、神威さんがいたからですよ。最初からあの雨童さん、神威さんのこと気に入ってたみたいだし」

雨が降らなかったのは、絶対そのおかげだと思う。雨童が神威さんの傘に入り込み、相合傘になっていた情景を思い出して、私は静かにため息を吐いた。

「……いや、俺のはそういうのじゃないから。もういいだろ、早く『招き猫』で休もう」

私よりも深いため息を吐きながら、神威さんが鳥居の下をくぐる。私は翡翠さん、嘉月さんと顔を見合わせてから、大人しく彼に従って神社の境内へと足を踏み入れた。


「――さて、雨童が言っていた例の件だが」

私たちがレストランに帰り着き、その暖かな空気に一息つく間もなく。神威さんが顎に手を当てて唐突に言い出した。場の空気が一気にざわつく。

「ちょ、ちょっと待って神威、本題に入るの早すぎない⁉」と慌てて神威さんに突っ込みを入れる翡翠さん。

そして、「そうです、まだ色々と心の準備が……！」と、手を珍しくぱたぱたとさせながら、狼狽《ろうばい》の色を隠せない嘉月さん。

『例の件』。雨童が言っていた、この中に大嘘つきがいるという話。みんなの反応を見る限り、嘘をついているようには全く見えないのに。

「別に落ち着く必要もない。俺が言いたいのはただ一つだけだ。……俺はこの中に大嘘つきがいたとしても、それでも構わないと思ってる」

「「「……へ？」」」

神威さんの言葉に、他三人の間抜けな返答が揃ってこだました。

「三人ともすげえ間抜け面してんなあ」

ぷっと吹き出してお腹を抱える神威さん。どうやら珍しくツボにはまったらしい。意外と笑うと少年っぽくてかわいい……とか思っている場合ではなくて。

私たちがぽかんとそのまま神威さんを見つめていると、彼は肩をすくめて真顔に戻る。そしてため息交じりの苦笑を洩らした。

「俺たちにはそれぞれ、知らない話がたくさんある。……当たり前だ、俺たちはそれぞれの自分の分身なんかじゃない。『他人』なんだから」

その言葉にぴくりと反応する私たち。神威さんはそんな私たちをちらりと見て、さらに続けた。

「それに俺は、嘘をつかれて裏切られても恨まない。裏切られるなら、俺自身がそれまでだったということだ。裏切られてもいいと言える、そんな仲間たちだからこそ……恨みなどしない」

神威さんの口から紡がれる言葉の響きはどれも真摯《しんし》で、これが本音なんだということがひしひしと伝わってくる。

でも、と私は思ってしまうのを止められなかった。『裏切られるなら、自分自身がそれまでだったということ』。その言葉は、『それくらい気を許して信用している相手に裏切ってほしくない』という気持ちに、限りなく近いのではないだろうか。

　神威さんの話もあって、その日は誰もそれ以上『嘘』を暴こうとはしなかった。

　暴けなかった、というのが正しいかもしれない。もしその『嘘』が分かってしまったら、私たちはこのままでいられないのではないか。そんな予感が、きっと怖かったのだと思う。


　そして想定外の『事件』があったのは、その翌朝のことだった。

　朝、メッセージの受信を知らせるスマホの振動で目が覚めた私。

　通知の内容を見て、一気にぼやけていた頭が鮮明になる。あまりの出来事に、私はスマホに受信したばかりのメッセージ通知を穴が開くほど見返した。

『少し、外出に付き合ってくれないか』

　スマホに表示される差出人には『園山　神威』の文字が。

　人神とスマホって文字で並べてみるとなんだか親和性がなくてちぐはぐだけれど、彼だっていっぱしの現代人。スマホだってもちろん使っている。だけど彼の方からメッセージが来るなんて、あの神社で巫女の助務をやるようになってから初めてのことで。

　しかもよりによって、お出かけのお誘いだ。雨でも降るんじゃないだろうか。

「私、何かやらかしたっけ」

　呼び出しを食らう理由を考えてみる。

　だけど、色々やらかした記憶がよぎって考えるのをやめた。あやかしには気をつけろと何度も言われていたのに連れていかれるし、結果神威さんたちに雨童の屋敷まで来させてしまうし、昨日や一昨日起こったことだけでもう頭を抱えたい。

　お前はどこのヒロイン気取りか、身の程と恥を知れともう一人の自分が頭の中でわめく。ああ、恥ずかしすぎていったん穴を掘ってその中に入りたい……！

「……うん、とりあえず返信だ」

　今はまだ朝八時。メッセージの着信があってからすぐに返事をするのも何だか張り切っているみたいで恥ずかしいから、あえてのそのそと支度をしながら時間が経つのを待つこと三十分。

　そういえば、雨童も似たようなことを言っていたっけ。「早く行くと張り切っていると捉えられそうで嫌だ」とかなんとか。

　彼女との思考の共通点を見つけて、私は思わず微笑んでしまう。

『私で良ければ、ぜひ』

　そうメッセージを返した五分後には、早速待ち合わせの指定時間と場所が送られてきた。時間は九時半、待ち合わせは私のアパートの入り口のところ。

　かしこまりました、と返事をして私はほうと一息をつく。

さて、何を着て行こうか。着る服に悩む自分の心が少し弾んでいるくすぐったさを感じながら、私は早速支度の続きに取り掛かった。


「その服、懐かしいな」

アパートから出ると、既にそこには神威さんが待っていて、開口一番にそう言った。

彼にそう言わしめた私の服装は、ジーンズに春物のだぼっとした黒いセーター。つまり、最初に神威さんと街歩きをした時と同じ服装だったのだ。手持ちの服の中でこれが一番ラフで歩き回りやすく、そしてカジュアルで気取らない。

変に張り切ってると思われたくない、と悩んだ結果行き着いたのがこれだった。まさか、女子の服装に興味なさそうな神威さんが覚えているとは。

よし、失敗だ。やっぱり着替えよう。

「……すみません、五分だけ時間を下さい。とっとと着替えてきます」

「待て待て待て」

回れ右を図ってアパートに戻ろうとする私の右腕を掴み、神威さんが引き留める。

「着替える必要はないと思うんだが」

「いや、神威さんが私の服装を覚えていたのが計算外でして」

私がそう言うと、神威さんは少なからずショックを受けたような顔で固まった。

「俺への印象、一体どうなってんだ」

「こう、クールで女子の服装には興味なさそうというか」

私が素直に述べる言葉を、神威さんが口を真一文字に結んで無言で聞く。そしてややあって気まずそうに頬をかきながらぽつりと言った。

「いや、あんたのはたまたま覚えてたんだ。……良く似合ってたから」

なんというド直球な言葉。ラフな格好だから褒められているのか何なのかよく分からないが、とりあえず恥ずかしいやら嬉しいやらで、私は「あ、ありがとうございます……？」と返事を返すので精一杯だった。

そんな私の前でこほん、と神威さんが咳払いをする。

「……行くか」

「そ、そうですね」

かくして少しばかりぎくしゃくしながら、神威さんと私との『外出事件』が始まったのだった。

「で。あんたはなんで頑《かたく》なに俺の後ろを歩くんだ」

二人で歩いてきた先は、尾道商店街。しばらく歩いていると、唐突に神威さんがそう言って立ち止まる。怪訝そうな顔でこちらを振り向く神威さん相手に、私はごまかし笑いをして、そばを歩いていく猫に見とれるふりをした。

「いやあちょっと、いやだいぶ気が引けまして」

「は？」

そうか本人は気が付いていないのか、と私は冷や汗をかきながら思った。

先ほどから神威さんと歩いていると、周りの人たちから彼への視線が熱いのだ。特に若い女子からの視線が。

ブルーグリーンのニットに黒いズボンというまたシンプルで綺麗めな私服の神威さんは、雑誌の撮影からそのまま抜け出してきたのかというくらい完璧だ。ある意味仕方がない。

「神威さんと歩いていると目立って仕方なくて」

誰だろあの子、彼女にしては地味じゃない？　なんてベタな会話が聞こえてきたりして、私は徐々に距離を空けて歩いていたのだった。なんだこの展開。ほんとにそんなこと言う通行人がいるんだな……と勉強にはなったものの。

心配しなくてもただの雇用主とアルバイトでございます、と私は心の中で独りごちた。

「目立つ？　何が」

全然通じてない、と私はがっくりと肩を落とす。

地元の人もそうだけど、ここ尾道は一大観光地でもある。きっと旅行中だろうな、と思うようなお姉さんたちの団体やら女子高生やら、みんな一度は神威さんのことを振り返っていくのだ。

まあここで「ああ、俺がイケメンだから？」なんてさらっと言われたって反応に困るけども。

「ああ、俺の見た目か？」

「わ、分かってたんですか⁉」

この人自分で言っちゃったよ、と私は内心突っ込みかけてやめた。

神威さんの表情がとてつもなく暗かったからだ。

「……全ては人神の家系を途切れさせないため。俺の見た目はある意味『呪い』だそうだ」

「の、呪い？」

「そう言った先代たちもいたらしい。一族代々の美貌に加えて、古くから代々紡がれる歴史ある家柄というステータスがあれば、独り身で終わることはないだろうからと。……逆に言えば、こういう見た目でなければ、誰も俺たちに惹かれてはくれないだろう、と」

皮肉っぽい苦笑を口元に浮かべながら、神威さんがぽつりと呟いた。

「俺たちは、この土地を守る人神だ。親から子への代替わりで人神の位《くらい》を譲るまでは、ここから一定期間以上出ることはできないんだよ」

この土地から一定期間以上、出ることはできない。考えてみればそうかもしれない、と合点がいく。土地を守る役目を担った神様が、ずっと社《やしろ》を留守にしてはおけないもの。そう思うと同時に、分かったかもしれないことがあった。

ああ、だから神威さんの屋敷はあんなに大きいのに、人間が神威さんしかいないのだ。みんなきっと役目を後継に譲った後、外に出ていってしまったのだろう。

私が考え込んでいると、神威さんがくつくつと笑いながら私の肩を軽く叩いた。

「あんた見てるとしんみりもできないな。凄い勢いで百面相してたぞ」

「えっ」

慌てて顔の筋肉を触り、私は顔を務めて真顔に戻す。だいぶ仏頂面になっていたらしく、そうすると眉間の力がすっと消えていった。

私はその辺にたむろする猫たちの平和な風景に目を移して、頭の中を整理する。かわいいものでも見れば、気持ちが落ち着くのではないかと思ったのだ。

「……外に出たいと、考えたことはありますか」

ややあって私が絞り出した言葉に、神威さんがふっと目を細めた。

「まあ、そう思った時期もあったけど」

そう言いながら、彼はその場からすたすたと歩き出す。私は慌ててその背中を走って追いかけた。

「今はそうでもない。……井の中の蛙《かわず》、大海を知らず。この諺《ことわざ》、後世になって作られた続きがあるのを知ってるか？」

「し、知らないです」

私はどんどん歩いていく彼の背中を追いかけながら答える。神威さんは足が長いから、歩幅が大きい。

「――『されど、空の深さを知る』」

私が追いつきそうになった瞬間で、彼が立ち止まる。私は彼の急な動きに焦って、その場でたたらを踏んだ。

「『されど、天の高きを知る』とも、『されど地の深さを知る』とも言われるけど、総じて『狭い世界にいるからこそ、その世界の深いところや細かいところまでよく知る』って意味になる。俺はそうありたいと、最近になって思い始めたんだ。せっかくこの力を持って生まれてきたんだ、人間の俺だからこそ、こうしてせめてこの土地のモノたちに寄り添って生きたい」

そうか。きっと神威さんは、この土地の人たち、モノたち一つ一つを大事にしたいんだ。大事にして、そのモノたち一人一人の神様として、この地を守っていくのだ。

「……ほら、やっと横に並んだな」

神威さんが声を和らげながら、穏やかな笑顔で私の顔を隣から覗き込む。神威さんの急ブレーキにたたらを踏んだ私は、いつの間にか彼の真横の位置に並んでいたのだ。

その不意打ちはずるい、と心臓が一瞬どくんと鳴る。

慌てて注意をそらそうと周りを見たけれど、猫も辺りにはもういなくて。私は神威さんに見つめられたままかちこちに固まった。

「あああの！　食べ歩き！　してもいいですか！」

横に並んで一気に近づいてしまった神威さんとの距離感に、私はすすすとカニ歩きで横移動する。私が商店街に並ぶ店を指さすと、神威さんはこくりと頷いた。

「何でもいいぞ、俺がいくらでも奢《おご》る。……この前、追い出して危険な目に遭わせたしな」

本当に悪かった、と目を伏せて謝りだす神威さん。

なるほど、それでこのお出かけ事件が発生したのか。気を使わせてしまったんだな……。

「いやあの、あれですよ。私が最初雨童さんに嫌われてたじゃないですか、あのまま神社にいたら危なかったと思うんです。ただでさえ足手まといなのに。だから、あれで正解だったんです。あとのことは私の責任で」

私があたふたと言いつのっていると、神威さんは無言でくるりと私に背を向け、また歩き出す。今度は一体何なのだろう。

さすが土地神というべきか、迷いなく歩いてあっという間に尾道駅前の踏切に到着し、彼は近くにあったお店のショーケースを覗き込んだ。

お店の上にはオレンジ色とクリーム色の日よけの上に『おやつとやまねこ』という文字。店の前には既に何人かの行列ができている。

「ここ、有名なプリン屋さんですよね」

メディアでも紹介され、開店前から人が並ぶほどの人気店だ。いつも夕方には売り切れてしまう。通りかかるたびに買いたいと思うのだが、凄い行列なものだから、なかなか買えていなかった。幸い今日はまだ列が短い様子。

「この尾道プリン、翡翠が好きなんだ。こだわりの広島産牛乳に尾道産たまごを使ったプリン。レモンソースをかけるやつだな」

「それって」

もの凄く聞き覚えがある。私が初めてレストランを訪れた時食べたものとそっくりだ。

「そうだ。この味が気に入って、このプリンに近づけたいとか言って、自力で食材を集めてなんとか作ろうとしたらしい。あいつは甘いものも、この尾道も好きだからな」

そう語る神威さんはとても優しいまなざしをしていた。私も頷いて、神威さんと一緒にショーケースを覗き込む。

「あれ、これかわいいですね！　プリンの瓶にお魚型の醤油さしがついてる」

牛乳瓶に赤い猫のイラストが描かれたかわいらしいプリンの容器には、魚の醤油さしがついている。どうやらこの中にレモンソースが入っているらしい。猫の街でもあり、漁港の街でもある尾道ならではの粋《いき》な計らいだ。

「『魚は猫の好物』か。なんだか尚更、翡翠を思い出すな。あいつにも買っていってやるか。それと嘉月にも」

「そうですね。あ、嘉月さんの好きそうなコーヒー味もあるじゃないですか。色んな種類がありますね」

レモンソースをかけるプリンの他にも、色んな種類が並んでいる。ホワイトチョコ味、抹茶味、コーヒー味、イチゴソース味……。どれも美味しそうで目移りしてしまう。

散々二人で悩んだ結果、私と翡翠さんにはレモンソースをかけるオーソドックスな尾道プリン、嘉月さんにはコーヒー味、神威さんは抹茶味を選択した。

列が進み、レジが近づいてくると神威さんが財布をスッと出したので、私も対抗して先に現金をレジに差し出した。

「おい」

「だって奢ってもらったら遠慮しちゃって、自分の好きなものを食べられないじゃないですか。私は自分のお金で食べられるだけ食べたいんです」

「……いや、でも」

私の力説に、神威さんが若干引いた顔をしている。しまった力を入れすぎた、と反省して私は姿勢を元に戻す。

「申し訳ないって謝罪なら、今日こうやって一緒に外出していただいてるだけでもうチャラですよ」

現にこうやって行列に並ぶ行為でさえ、神威さんと一緒に話しているとなんだか楽しい。でもだからこそ、「申し訳ない」という負い目はもう感じないで、神威さんも少しでも楽しんでくれたら嬉しいなと思うのだ。そう思うのは、傲慢《ごうまん》かもしれないけれど。

しばらく頭を抱えたあと、神威さんは絞り出すように「……分かった」とうめく。

「じゃあ次のところでは俺が全額出すからな」

「えー」

私が不満の声を洩らすと、神威さんは意地悪く片方の口角を上げてニヤリと笑った。

「不満なら帰るか？　まだ俺は色々回る予定だったんだが」

それを言われると弱い。私の心はあっけなくぐらついた。

「か、帰りたくないです」

「よろしい」

むかつくくらい綺麗な微笑を残して神威さんがプリンを受け取り、またすたすたと歩き出す。

「えっ、ちょっと神威さん、荷物持ちますって」

「荷物持ちは俺。でないと帰る」

くそ、学習している……！　私がぐぬぬぬと唸っていると、神威さんはプリンの瓶が入った袋を見つめ、ぽつりと呟いた。

「あんたは足手まといなんかじゃない。あやかしと対等に話せるあんたがいてくれて、助かったんだ。……雨童の件でも分かったと思うけど、人神とは言っても俺の能力は万能じゃないから」

雨童の、あの『不十分だった』白紙のメニューのことだ。思い出は時に複雑に絡み合い、正解がすっきり出せないことがある。だからこそ、神威さんは……。

「俺はずっと、どこかで怖かった。自分が作っているものが、もし客にとって『失敗』だったら……特にあやかしだと、話もまともにさせてくれないモノもいるから、尚更」

最初私があのレストランに行った時に、翡翠さんたちはこう言っていた。

神威さんのことを『困った』『今ではすっかりやる気なし』と。あれは、やる気がなかったのではなく、『作るのが怖かった』のだ。

「あの……私は救われましたけど、神威さんに」

突然現れた神威さんと共に千光寺ロープウェイに乗り、ポテトサラダパンや焼きそばパンを一緒に食べたことを思い返す。あの時私は確かに、彼に救われたのだ。

「いや、あの時は色々分かっていたから……」

何かを言いかけて、神威さんがはっと目を見開いたかと思うとまたふっつりと言葉を切る。そして頭をがしがしとかいて、改めて私の方を振り返った。

「行くか？　千光寺」

「はい、ぜひ！」

あの時とは違った気持ちで、また神威さんとあの場所に行ける。私は大きく頷いた。

「相変わらず、凄い階段」

私は目の前に延々と続く階段をぼうっと見つめながらぼやいた。

せっかく時間もあるし、ゆっくり歩こうなんて言いながら、今回はロープウェイを使わずに千光寺まで坂と階段を上ることにしたものの。

「大丈夫か？」

ほら、なんて言いながら神威さんがこちらに手を差し伸べてくる。私はぶんぶんと頭を振って丁重《ていちょう》に辞退した。

「大丈夫です、普通の階段なので普通に行けます。異界への階段でもあるまいし」

ははっと笑って私が頭をかくと、神威さんは「そうか」と言って残念そうな顔で手を引っ込めた。

何だか調子が狂う。雨童さんの一件のあと、神威さんの態度がおかしいのだ。前よりも距離感が近いし、こんな感じでさらっと手を差し伸べてくるし、イケメンに全く耐性のない私はさっきから挙動不審な対応をしてしまっていた。

「イケメンは遠くからそっと眺めてるくらいがちょうどいいんだよな……」

思わずぼそりと呟く。こう、神威さんと付き合いたいとか、そんな大それた考えなど持っていないから、目の保養にと拝むくらいがちょうどいいのだ。

そう、言うなれば偶像崇拝的な。ちょうどそれこそ神様だし。

「何か言ったか」

「いいえ、こっちの話です」

怪訝そうな顔でこちらを見下ろす神威さんに私はまたごまかし笑いをする。そんな私の前で、神威さんがふと意味深な笑いを洩らした。

「異界への階段か、鋭いな。この尾道は階段も小道も多くて、街全体が隠れ家みたいなものだ。あやかしたちの世界ともリンクしやすいぞ」

「え、そういう大事なことは早く言ってください……」

全く知らなかった。じゃあこれからはもっと注意して歩かねばならないということか。

私が考え込みながら階段を黙々と上がっていると、私よりも数歩上の段を上る神威さんがぽつりと言った。

「俺は言ったぞ。あんたは覚えてないかもしれないけど、あんたがもっと小さい時に。確か俺も当時まだ高校生くらいだった」

「はい？」

小さい頃って、おばあちゃんの家に遊びに行った時だろうか。

どうしてだろう、全然全く記憶にない。人違いでは、と言おうとした時、神威さんが私の頭の上に手をそっと乗せた。

「だから、逢魔時にこの街を歩く時は、攫われないように気をつけろと言ったのに。あんたのおばあさんにも、そう言って聞かせるように俺が念押ししたんだぞ」

「……あ」

夢の中の、あのセリフだ。そしてこの手の感触は確かに、あの人だ。

「あんたが迷子になったって、あんたのおばあさんが心配してたことがあったんだ。あんたは負の気を狙うあやかしたちを周りにうようよさせながら、あの時翡翠に連れられてレストランに迷い込んできた」

……そうか。だから記憶になかったのだ。あのレストランに関する記憶は、数日で消えてしまうから。

「覚えてなくて、すみません……。あの、私はどうしてその時レストランに」

「それは思い出す必要はない。あんたが覚えてないってことは、その時の『負の気』がちゃんと無くなったってことだ。……ヒトはそうやって色々なことを乗り越えて生きていく。大丈夫、その想いも消えてしまった訳じゃない。その時にあった想いは人の中にあり続ける。たとえ、覚えていなくとも」

きっぱりと言いきり、それ以上言葉を紡がなくなった神威さん。私はしばし、その迷った時のことを思い返そうとしてみた。

確か私がこの地で迷子になったのは、小学校四年生の時だった。あの時は——。

お父さんが亡くなってしまった直後の出来事だったはず。

「ほら、着いたぞ」

しばらく思考がトランス状態になってしまっていた私に、神威さんが話しかける。

声につられて顔を上げると、目の前に千光寺の入り口があり、美しい朱色をした舞台造りの本堂がずしりと鎮座しているのが見えた。

後ろを振り向けば、これまで自分が上ってきた遥かな道のりの階段と、尾道の街が見渡せる。

ここが、おばあちゃんの家があった場所。そしてお父さんが生まれ育った場所。

「その時にあった想いは、人の中にあり続ける……」

さっき神威さんが言っていた言葉を、口の中でそっと転がしてみる。私はこれからきっと長く暮らしていくであろう街を見回しながら、ゆっくりと頷いた。

きっと、神威さんの言う通りだ。人は色々なことを乗り越えて生きていく。そしてその昔あった想いは、忘れていようとも消えはしないのだ。

確かに心の中で乗り越えて、人は生を紡いでいく。

千光寺の本堂、別名『赤堂』。そこでお参りを済ませてから、私たちは千光寺公園へ。

ちょうど三月の下旬、桜が咲き始めた時期なので、そこかしこに花見に来ている人たちや立ち並ぶ屋台が見える。

さすが『さくら名所百選』にも選ばれた場所。

尾道の風景と合わせて眺めると、海と山、空、街並み、そして桜が一体となってこの上なく魅力的に映るし、静かに流れる尾道水道に薄紅色の桜がよく似合っている。

でもどちらかというと、私は花より団子派だ。「屋台だ屋台だ」と食べ物に心を躍らせていると、足元にばいんと何かがぶつかってきた。

「お姉ちゃんじゃ！」

「あら、弥彦くんじゃない！」

ブラウンのさらさらの髪の毛に、ぱっちりとした琥珀色の瞳。人間姿の弥彦くんが、エプロン姿でこちらを見上げている。

「お姉ちゃんたちも花見か？」

「まあ、そうだな」

神威さんがひょっこりと私の後ろから顔を覗かせると、弥彦くんはきちんとお辞儀をしながら言った。

「人神さま、この前はありがとうございました。よかったらうちの父ちゃんのうどん、食べていって下さい」

弥彦くんに手を引かれるまま屋台でにぎわう界隈へと足を進めると、そこにはうどんとおでんの美味しそうな匂いを漂わせる屋台が。

その奥には、柔和に微笑むキツネ目のお兄さんがいた。

背が高くすらっとした体格で、弥彦くんとお揃いの髪色と、お揃いのエプロンをしている。そして何より分かりやすいことに、彼は片目モノクルの眼鏡をかけていた。

私はそのお兄さんに会釈する。

「こんにちは、弥彦くんのお父さん」

間違いなくお父さんだ。この前は狐の姿だったけど、こちらは人間バージョンか。

「こんにちは。今日は夫婦揃ってお花見ですか？　素敵ですねえ」

弥彦くんのお父さんが柔らかく目を細めて嬉しそうに笑う。

あっさりとトンデモ発言が出た気がしたのは聞き間違いだろうか。突っ込むに突っ込めず、私が固まっていると、神威さんがため息をつきながら苦笑した。

「いや夫婦じゃないぞ」

「そうですそうです」

私はもの凄い勢いで神威さんの言葉に頷き、同意を示す。

お父さん狐はのほほんと「おや、そうですか。これは失礼しました」とか言いながら、手元を器用に動かしてうどんを作っていく。

「弥彦、先におでんを取って差し上げておくれ」

「あいよ、父ちゃん！」

弥彦くんがちょこまかと動きながら、せっせとおでんの具の様子を見て白いポリ容器に入れてくれる。親子の共同作業をまさかここで見られるなんて、と私は勝手に感極まってしまった。

「お姉ちゃん、人神さま、これどうぞ」

はい、と弥彦くんが私たちにおでんを差し出した。その器の中には、黄金色の出汁にひたひたと漬かった餅巾着と大根がそれぞれ二つずつ入っていて。ほかほかと湯気を立てるそれらは、見ているだけで口の中に唾が湧いてくる。

「ありがとう、弥彦くん。これいくら？」

「いらんぞ。神様へのお供え物みたいなもんじゃ。なあ父ちゃん」

お、お供え物って……。私が口を開くより先に、神威さんが屈み込んで弥彦くんの頭をそっと優しく撫でた。

「俺は、そもそも神様から神籍を与えられただけのただの人間だし、そんなかしこまらなくていい。これは君とお父さんが汗水垂らして作った大事な、美味しい食事だ。対価はきちんと払わないとな」

「相変わらず、あなたさまは律儀ですねえ」

目を細めながら、弥彦くんのお父さんがうどんを二つ、こちらに差し出してくれる。こちらも薄い黄金色の出汁に漬かったうどんだ。上には綺麗なキツネ色のお揚げが。

「そうしましたら、しめてお一人さま三六〇円です」

「いや、安いな⁉」

神威さんがすかさず突っ込む。私も半信半疑だ。こんなに美味しそうなものがそんなにリーズナブルでいいのかしら……。

「うどんは通常のハーフサイズですし、そのくらいですよ。それに、このご縁には感謝をせねば」

断固として反論させないような笑顔で弥彦くんのお父さんが微笑み、神威さんが計七二〇円を支払って、うどんを手渡される（払おうと思ったのに、神威さんに笑顔で「なら帰る」と脅された）。

落ち着いて食べようと神威さんが場所を探しに行き、それに続こうとした私を、弥彦くんが引き留めた。

「なあなあ、お姉ちゃん。緊張して言えんかったけど……神様にもよろしく伝えといてくれ。この間、お使い様を父ちゃんのとこまで遣わしてくれたじゃろ」

「ああ、お使いって翡翠さんのこと？」

私がうんうんと頷きながら相槌を打つと、弥彦くんはきょとんとした顔で首を傾げた。

「？　お姉ちゃん、何言っとるんじゃ？」

「え……」

「あの時のお使い様は……」

弥彦くんの口が動く。私は固まったまま、彼の言葉を聞くしかなくて。

「じゃあ、伝言頼んだぞ！　また来てな！」

すっきりとした顔で弥彦くんが手を振り、行列ができ始めたお父さんのうどん屋にぴょんぴょんと駆け戻っていく。

私はひとまず笑顔で彼を見送り、神威さんの姿を探した。

「どうした？」

後ろから声をかけられ、私は文字通り飛び上がる。おでんとうどんの汁がこぼれそうになって、すんでのところで自力で留まると、目の前には呆れた様子の神威さんの顔があった。

「向こうにベンチがあったから」

それだけ言って神威さんはすたすたと歩き出す。彼の肩にリュックがないから、荷物を置いて場所取りをしに行ってくれたのだろう。言葉が足りないけど、神威さんは優しい。

一方の私は、ベンチで神威さんと並んで座った後、美味しいうどんを啜り、餅巾着を頬張りながら考え事をしていた。

うどんは白く滑らかな弾力のある麺がもちもちと小気味よい食感で、ほっこりとしたお出汁がしみ込んでいる。

その上に、出汁をたくさん吸い込んでぷくぷくとしたキツネ色のお揚げ。お揚げを齧ると甘い出汁がぶわっと口の中に弾け、その後を追ってじゅわじゅわとお揚げの衣が口の中で崩れていく。

餅巾着の周りを包んでいるお揚げも同様で、そのじゅわっと崩れる巾着の中にはとろりと溶けるいい塩梅《あんばい》のお餅が。おでんの大根も出汁を吸って半透明な小金色に染まっていて、一口齧るとほんのり甘くトロトロに煮込まれた大根が、するすると解《ほど》けていく。

その美味しい食事で、少しずつ混乱した頭の中が整理されていくような気がした。

「しかし、三六〇円か……とんちが効いてるな。ああそうか、それと千光寺。狐の考えることは分かりづらい……」

「三六〇円？　千光寺？」

神威さんの呟きに反応して、私は問い返した。

「円は三六〇度。千光寺は縁結びのパワースポットでもあるから、意味をかけたんだろう」

「な、なるほど」

『円』と『縁』をかけた訳だ。

「まあ、お寺のご本尊は『火伏せの観音』だけどな。火難除けに霊験《れいげん》あらたかで、今は諸願成就の観音様が祀《まつ》られてる。開帳は三十三年に一回のみの秘仏だ」

「ほおお……」

三十三年に一回とは、これまたレアな。そう思うと同時に、何か引っかかるものを感じる。

ご本尊――お寺の信仰対象の象徴。神社でいうところの、ご神体だ。

古来、日本人は山や草木、巨石といった万物に魂が宿ると信じ、「八百万の神」と言われるほど多くの神々を信仰してきた。そして、それらの神々が宿る神聖な場所に祭壇を設け、小屋が立てられ、やがて社殿や本殿へと発展していったのが神社だ。

神威さんは、神様に神籍を与えられた一族の末裔。その神様は、ここ尾道を守る神様の一人で、神威さんの先祖に神社を『譲った』という……。

いや、待てよ。何かがおかしい。

ということは、人神が青宝神社にいるようになる前から、『本殿がない』ということだ。最初から。

神社の本殿は、『そこに神が常在するとされている』空間のはずだ。嘉月さんから建物の説明を受けた時、本殿がないのは『人神』がこの神社の主だからだと聞いていた。

確かに存在はしているけれど、一つの建物の中には常在せず、あちらこちらに動き回る人神。『常在』せず動き回っている存在が神様なのだから、そもそも本殿はないのだと。それが、嘉月さんの説明の意図するところでもあったはずだ。

まあ、『人神』なんてその時初めて聞いたから、あくまで嘉月さんの説明を聞いた私の理解でしかないのだけれど。

でも、もしそれが本当だと仮定すると、やっぱりおかしいのだ。どうして最初から本殿がないのだろうと考え出した時、私の心臓はどくりと波打った。

そして私はそれに連動するように、弥彦くんの行動を思い出す。

『気』に敏感だという弥彦くんは最初、神威さんを一目で『人神』だと見抜き、怖がって私の後ろに隠れてしまった。きっと、恐れ多かったのだと思う。

でも、彼が怖がっていたのは一回だけではない。神威さんではなく、他の誰かのことも、怖がっていなかったか？　彼が私の後ろに隠れていた記憶の断片が複数回あるから、それは確かだ。その時に彼が見ていたのは……。

色々とこれまでのことを総合して考え出すうちに、身体の震えが止まらなくなっていく。

私は大急ぎで残ったうどんの汁を全部飲み干し、神威さんの腕を引っ張った。

「あの、青宝神社に帰りましょう、神威さん！」

鬼気迫った表情の私を見て、神威さんは何も言わずにすぐ立ち上がった。彼もとっくのとうに食べ終わっていたから、一緒に青宝神社に向かって駆け出す。

そうだ、そうだ。雨童が言っていた、『神々の定めし時に縛られぬ存在』。あれは。

――たとえば、逢魔時は『酉の刻』。

ぐるぐると色んな思考を抱えたまま青宝神社に戻れば、『彼ら』が鳥居の前にいた。

『彼』――きっと雨童の言った『大嘘つき』であろう人が、その中心に静かに佇んでいた。

静かに、どこか悲しそうに微笑みながら。

私はそれを見て、自分の考えが正解であることを悟る。もう『彼』の術が解けた私は、それがただの『あやかし』ではないことを鋭敏に感じ取っていた。

「――お帰りなさい、二人とも」

いつもそばにあったものが、崩れていく音。そんな音が聞こえた気がした。

「翡翠、嘉月」

神威さんが息を切らしながら、鳥居の前にいる『自分の眷属』に呼びかける。

二人とも人間の姿だ。翡翠さんは落ち着き払った様子で、一方の嘉月さんは真っ青な顔でこちらを見ていた。

「……ねえ、神威。君もやっぱり、出ていきたいかい？　あの店の外観も、君の母上が創ったままの英国風のものだしね。君も外に、出たいんじゃないかい？」

翡翠さんが顔を伏せて、ぽつりとそう言う。

その足元にきちんと足をそろえ、列になる数十匹の猫たちの中。翡翠さんのすぐ右側には『白い猫』がいた。私にも見覚えのある、最初に私を行き倒れている翡翠さんのところまで導いた、あの白い猫だ。

——父ちゃんのところに来たお使い様、白くて綺麗な猫じゃったらしいぞ。わしがあの神社に辿り着いたのも、その猫を追ってのことじゃ。鳥居の辺りで見失ってしもうたが……。

弥彦くんがさっき言ったばかりの言葉を、私は思い返す。

確かに私たちが神社に入ってくる弥彦くんを見た時も、翡翠さんは弥彦くんの後ろをそろそろと歩いていた。

弥彦くんは、翡翠さんについて来たんじゃない。弥彦くんを導いてきたのは、この白い猫だ。私たちの目に入る前に、弥彦くんを撒いたんだろう。

「翡翠、やっぱりお前は……」

神威さんが自分の手をじわりと握り締めながら、何かを言いかける。それを遮って、翡翠さんはさらに言葉を被せた。

「聞くまでもないか、君は確かにさっきそう言ったそうだから。この子たちをなめちゃいけない。この子たちは、僕に嘘をつくことは決してない」

翡翠さんが自分の周りに控える猫たちをずらっと見遣り、静かな笑みをその綺麗な顔に浮かべた。

どうして気付かなかったんだろう。

この神社に本殿がないのは、人神がここにいるからだと思っていた。けれど、嘉月さんはこうも言っていた。『この神社は、人神が神様から譲り受けたところだそうです』と。

『譲り受けた』というのなら、初代人神に力を与えた元々の神様は、どうしたんだろう。

『元』の存在はどこに行ったのだろうと、なぜ疑問に思わなかったのか。

答えはいつでも、目の前にあったのに。

雨童が言っていた『神々が定めし時』とは、十二時辰《じしん》のことだ。十二支の呼び名で、二時間ごとに時が区切られている。

例えば、逢魔時である十八時前後の二時間が『酉の刻』であるように。

そしてその時間の刻み方にない仲間外れの動物が、神様の定めた『時間の順番』にない動物が、あの伝説の中には一匹だけいる。

そう、神威さんの眷属の『あやかし』だと身分を偽り続け、嘘をついていたのは。

「『猫』だ……」

私は思わず呆然と呟いた。

それに、人神の神威さんにまで術をかけるには、それよりも高位のモノであるしかない。

ここまでくると、もう答えはただ一つ――。

「……何せ僕は、この尾道の『神様』のうちの一人だからね」

翡翠さんは落ち着いた笑顔で、そう言った。

『君には知っておいてほしいんだ、語られなかった昔話を』。以前、翡翠さんは私に話してくれた。宝玉を盗みに来た異国の家来が、神様とした契約のお話を。

宝玉を盗むのに失敗し、殺してほしいと願った、『囮として一人残された異国の家来』――つまり神威さんの先祖に、代々この地を守る約束をさせた土地神様。

それが、翡翠さんだ。

今なら分かる。神威さんの先祖に人神の力を与えた『神様』は、ずっとその身分を隠したまま、一族のそばにいたのだと。

動けない私の隣で、神威さんが一歩を踏み出す。

「翡翠、俺は」

「いいよ。その願い、叶えてあげる」

翡翠さんに向かって詰め寄ろうとする神威さんの言葉を右手で押し留めて、翡翠さんは神威さんの前で左手を上げる。

「僕はよく知ってる。君の一族は、代が経つにつれて人神の責務を『呪い』だと言うようになった……。僕が君から人神の力を抜き取ってしまえば、君はもう自由になれる」

呪い。人神としての責務を次の世代に繋ぐまで、この地から離れられず、迷える人やあやかしを助け続けなければならないその運命のことを、神威さんの一族の中には『呪い』だと言う人もいたという。

「翡翠、違う。俺は……」

神威さんが焦った声音で翡翠さんに向けて口を開いたけれど、翡翠さんは何も言わずに手を振り下ろした。

「神威さん！」

翡翠さんの手が最後まで振り下ろされた途端、私の隣で神威さんが石畳に倒れ込んだ。

私はすんでのところで彼の腕を引き、神威さんが身体を地面に打ち付ける前に、何とか彼と、彼が持っていたプリンの瓶の入った袋を受け止める。

固まったように棒立ちになっていた嘉月さんもすっ飛んできて、真っ青な顔で神威さんの名前を呼び続けた。神威さんは目を閉じたまま、ぐったりと動かない。

「代々に渡る人神の責務、ご苦労様。神籍はもうないから、これで神威は自由だよ。……純粋な人間たちの世界へ、お帰り。どこにだって飛び出しておいき」

そう言いながら、翡翠さんが身を翻《ひるがえ》して青宝神社の鳥居の中へと戻っていく。

神威さんの身体が、痺れた体にずしりと重い。私は神威さんを抱えたまま、必死に呼びかけた。

「待って、翡翠さん」

翡翠さんがやっと私の方向を見る。まるでその瞳は宝玉みたいで。ああ、なんて綺麗な瞳なのだろうと思いながらも、私は言葉を詰まらせてしまった。

「……君は神威と一緒なら、現在《いま》もきっと大丈夫」

――ありがとう、そしてさようなら。

そう言い残して、翡翠さんは恭しく付き従う猫たちを引き連れ、鳥居の下を進んでいく。何度呼びかけても、もう振り返ってくれることはなかった。

「待って、待って翡翠さん」

「彩梅さん、落ち着いて。呼びかけても無駄です、彼は僕の言葉にも耳を貸しませんでしたから」

私の肩を揺さぶる嘉月さんの目に、珍しく涙が浮かんでいる。私の頬にも、気付くと生暖かい水が伝っていた。そしてそれとは別に、ぽつりぽつりと、肌に水滴が落ちてきた。

「……ああ、だから言うたのに」

ぽつぽつと降り始めた雨の中、つい最近聞いたばかりの声が私たちの頭上にぬっと現れる。その姿を認めた瞬間、嘉月さんが慌てて頭を下げた。

「雨童さん……」

雨に濡れた顔で私が見上げると、雨童が「ひどい顔をしておるのう、ブスが三割増しじゃ」と顔をしかめる。私が何も言えないでいると、彼女はやれやれと首を振りながらさっと扇子を空中に振った。

「わらわの屋敷へおいで、全部話そう……と言いたいところだが。黄昏時でなければ、そなたを連れていくことはできん。彩梅、皆をそなたの家へ案内してくれ」

「……」

あまりのことに感覚が麻痺しながらも、私はなんとか首を上下に動かす。

腕の中のぐったりした神威さんを、早くどこかで休ませてあげないと。その思考回路だけが、かろうじて働いた。

「……彩梅さん、行きましょう」

そっと私の肩を引き起こし、神威さんを抱えた嘉月さんが立ち上がって私を促す。

――そうだ、今はそれしか道はない。呆然とするな、思考を止めるな。それでは何も、変わらない。

大きなカラスの姿に変化した嘉月さんの背中に皆が乗り、私たちは私のアパートへと飛び立った。

神威さんをベッドの上に寝かせ、私たちは勢揃いでアパートの一室にいた。

翡翠さんを除いて、勢揃いで。

「狭い部屋じゃのう。これでは小屋じゃ」

「そうですね。我が実家の物置くらいです」

「……あやかし界のお金持ちは黙ってて下さい！　すみませんね、貧相な部屋で」

一息ついてきょろきょろと私の部屋を見回し、悪びれもせず素直な感想を述べていく雨童と嘉月さん。私は神威さんに布団をかけながら二人に噛みついた。あやかし界のブルジョワどもめ。

私がじっと神威さんを見つめていると、雨童が私の背後に立って呟いた。

「神威のことは心配ない。今まで自身と共にあった神通力が剥奪《はくだつ》され、一時的にその衝撃で気を失っているだけじゃ」

「そうですか、良かった……」

私と嘉月さんは同時に同じ言葉を呟く。ベッドに力なく横たわる神威さんの顔は真っ白で。人形のようにじっと動かないものだから、不安だけが募っていたのだ。

「全然気づきませんでした。ずっと翡翠くんのそばにいたのに」

嘉月さんが呆然とした顔で呟く。その掠れた声に、雨童は目を伏せてため息をついた。

「仕方のないことよ。あやつは自分で言っておっただろう、力の順は神、人神、あやかしじゃと。奴はそなたらに正体が悟られぬよう、術をかけておった。神のあやつに術をかけられては、そなたらにはようよう破れぬ」

「……あの、狐はどうなんでしょう」

私が呟いた言葉に、雨童が目を見開く。

「ほう、よう気づいたのう。狐、とりわけ純粋な狐の子供はまた別格なんじゃ。狐はもともと霊力も高く、中には神籍を与えられるモノもいる。特に子供時代はよう鼻と目が効く。狐の子ならば、微かに感じ取ることはできるかもしれんの」

だからだ、とやっと腑に落ちた。

弥彦くんは翡翠さんが近くにいる時、いつも私の後ろに隠れてほぼ翡翠さんと会話を直接交わしていなかった。弥彦くんの言葉を借りれば、本物の神様に『緊張していた』からだ。

それにあの子は、今思えば『神様』と『人神さま』の言葉をきっちり区別して使っていたのだ。弥彦くんにはきっと、微かながら分かっていたのだろう。

「それにしても、なぜ今頃」

嘉月さんがぼそりと呟いた言葉に、私はうなだれた。

翡翠さんは神威さんに言っていた。「君も、出ていきたいかい」と。

きっと彼は聞いてしまったのだ、商店街を歩く間に私たちがした会話を。近くを歩いていたあの猫たちから。

数時間前、神威さんの人神一族が、この土地から一定期間以上出ることはできないと聞いた私は、「外に出たいと考えたことはありますか」と神威さんに尋ねた。

それを受けて、神威さんは最初に「まあ、そう思った時期もあったけど」と言った。

もちろんその後にも言葉は続いていたけれど、あの時、神威さんは話の途中で歩き出してしまっていた。そして、「されど、空の深さを知る」と話した時にはもう、たむろしていた猫たちはいなくなっていたのだ。

もし、あの最初の言葉だけを翡翠さんが猫づてに聞いてしまっていたとしたら。まるで神威さんが早くお役御免になりたいと、私に本心を打ち明けたように聞こえてしまうだろう。

「後悔するにはまだ早いぞ。そなたらに聞かせよう、『はじまりの神獣たちの物語』を。選択するのは、それからじゃ」

そして、雨童は語り始めた。昔々の、物語を――。


昔々の、十二支の物語。

神様たちは年の暮れ、動物たちにおふれを出しました。

おふれには、年明けに会合を召集し、これからはそれぞれの動物にちなんだ名前で年を数えること、そして一番早く来たものから十二番目のものまでは、順にそれぞれ一年の間、動物の大将にするという宣言が書いてありました。

　動物たちは考えます。なんとか十二番目までに目的地へ辿り着かなくてはと。

その中でもずる賢いネズミは、猫に「会合が次の日になった」と教えたのです。

そうして元旦になると、子、牛、虎、兎、龍、蛇、馬、羊、猿、鶏、犬、猪の順番で、動物たちは神様たちのもとに着きました——。

「この話には実は続きがあってのう……なぜネズミが猫に嘘の日程を教えたか、分かるか？　別にライバルを蹴落とせれば、他の動物でもよかっただろうに」

　私たちは静かに首を横に振る。雨童はどこか満足げに目を細めて言った。

「猫はのう、もともと神たちのお気に入りの神獣じゃったからじゃ。それが気に入らんかったネズミは、猫を騙し、神の前で恥をかかせようと思ったんじゃな」

　十二匹がやってきた後、神様たちは動物たちを見回して言いました。「猫はどうした。来ると思っていたのだが」と。

　ネズミは言いました。「どうやら日付を勘違いしているようです」と。

　そして動物たちは思いました。「言いつけ通り着いたのは自分たちなのに、なぜ猫が贔屓《ひいき》されるのだ」と。

　のちに神様たちは猫を呼び寄せ、そこで心優しい猫がすっかりネズミに騙されていたことを知ります。

「あまりにも猫がかわいそうだ、しかしおふれを出したからには、先に着いた十二匹にも約束を守らねば」

神様たちは協議の結果、こうすることにしました。

十二匹の動物たちはそのままおふれの通り、その名前で年を数え、それぞれ一年の間、動物の大将にしよう。そして、哀れにもネズミを信じ、裏切られてしまった猫にはそれ相応の『神籍』を与えることにしよう、と。

こうして十二匹はそれぞれ一年、年の大将を務める神獣となりました。

その一方、猫は神様たちから神籍を与えられ、土地神として生きる役目を担うことになったのです——。

「これが十三匹の神獣の話。猫以外の神獣たちはもちろん反発したそうじゃ。誰も猫を騙した張本人であるネズミを責めず、むしろ贔屓された猫を責めた。猫は神籍を与えられたとはいえ、もとは神獣。恐れ多くも神たちと同列に並ぶことはできんという肩身の狭さと、仲間内からの反発という板挟みに遭い、結果猫は独りになってしまった。……ここまでくればもう、分かるじゃろう」

「その猫が翡翠なんだな」

後ろから掠れ声が聞こえ、雨童の話を聞いていた私たちはばっと振り返る。

苦しそうに右ひじをついて身を起こしながら、神威さんが目を覚ましていた。

「よかった、目が覚めた……！」

私と嘉月さんは歓声を上げて手を取り合う。

だがそれも束の間、嘉月さんははっと我に返って私の手を振り払い、冷静にメガネを押し上げた。何事もなかったことにする気だな。

「……お前ら、何してる」

神威さんが仏頂面で低い声を出す。どうやらだいぶ機嫌と具合が悪そうだ。

「痴話喧嘩はそれくらいにせんか。神威、話はどこから聞いておった？」

「十二支の初めの話から」

「そりゃ話が早くて助かるのう」

神威さんの答えにひゅうと雨童が口笛を吹き、にっこりと微笑んだ。

「そうじゃ、その神となった猫が翡翠。わしはあの店の初代からの常連じゃ、翡翠のこともよう知っておるぞ」

「なら、どうしてこんな回りくどいことをした」

神威さんが低い声で問いかける質問に、雨童はつと天井を見上げ、その藍色の扇子で口元を隠した。

「……わらわがいつもと違う時期に店を訪ねた理由と、あいつがそなたらの前に姿を現した理由は同じだからじゃ。それに、そなたらには術を解くだけでなく、自ら気付いてほしかった。自ら気付き、選択してもらわなくては意味がない」

謎めいた言葉だけ一気に言いつのって、雨童はすっと綺麗な仕草で立ち上がり、着物を整える。

「さ、必要なことは伝えた。わらわは帰るぞ」

そう言いながら雨童が扇を一閃すると、以前見た真っ暗な『道』が私の部屋の真ん中に開いた。そして彼女は間髪容れずにそこへ足を突っ込む。

「え、もう行くんですか」

まだ黄昏時ではないから、追いかけようと思っても私はあの道を通れない。声を張って、私は雨童に問いかけた。

「わらわは昔の知己《ちき》として、あとの展開を見守るのみ。また会えることを楽しみにしておるぞ。……記憶を、失くすなよ」

消えていく間際に雨童が言った言葉に、私ははっとする。

そうだ、あの店に行かなければ私の記憶は消えてしまうじゃないか。

「……そんなの、絶対嫌だ」

たったの数週間だけれど、これまで巡り会った縁はとても大切だ。

このままでは、神威さんのことも翡翠さんのことも、嘉月さんのことも、狐の親子のことも、雨童のことも全部忘れてしまう。そう思っただけで、身震いが走る。どれも自分にとっては切り離せない縁になってしまったのだ、今更手放すなんて。

「確かに、またあんたと『初めまして』の挨拶から始めるのは、俺も御免だな」

そう言って、神威さんが横になったまま頬杖をつく。私が思わず神威さんの顔を見ると、こほんと咳払いをしながら、彼はゆっくりと起き上がった。

「まあ、とにかく。このまま引き下がる気はさらさらないからな、俺は。……翡翠に、料理を作りに行こうと思う」

「料理？　何をです？」

もうあの白紙のメニュー表は手元にはない。神威さんも人神の力を失って、今は霊力のあるただの人間。嘉月さんが怪訝そうな顔で疑問を口にするのももっともだ。

「……鍋にしようかと。翡翠がよく言い間違えるレパートリーに一つだけあるんだ、食べ物のネタが。『同じ釜の飯』を『同じ鍋の飯』と、あいつはいつも間違える。情けないことにこれしか思いつかないんだ。俺にできることは、これくらいしか」

「それ！　いいと思います！」

神威さんが自信なさげに俯きながら言う言葉に、私は賛成する。だってそれは、翡翠さんの口癖をちゃんと覚えているからこそ出てくるメニューだ。

もう手元には神威さんが使っていた白紙のメニュー表も、人神の力もない。だけど。

その人を想って、その人とずっと共に生きてきた大事な人が作るメニューは、思い出のメニューにもなれるんじゃないだろうか。藁《わら》にもすがる思いで、私はそう考えた。

「……なら、いいけどな」

神威さんが呟き、そのまま黙り込む。

しばし沈黙が落ちた後、パンと嘉月さんが手のひらを打ち合わせた。

「じゃあ、とりあえず翡翠くんの様子を見てみませんか？　彩梅さん、何か水が張れる、たらいのようなものはありますか」

よいしょと嘉月さんが立ち上がり、私に向かって問いかける。

私は不思議に思いつつも、お風呂場に二人を連れていって、たまに洗濯に使うプラスチックのたらいを指さした。

「これでいいですか？」

「ああ、ちょうどいいですね」

嘉月さんが満足げに頷き、シャワーの蛇口を捻ってたらいに水を張る。

「ほら、水鏡に見えてきましたよ」

嘉月さんが水の中に人差し指を突っ込むと、ゆらゆらとたらいの水の表面に何かが浮かんでくる。私はそれを覗き込んで、驚きのあまりぽかんと口を開けた。

翡翠さんの姿が、たらいに張られた水面に映って見えるのだ。

彼は拝殿の外向きの床に座り、神社の境内の方を向きながら一人で瓶を開け、何度も呷《あお》っている。あれは……お酒？

「何をしているんだ、あいつは」

「ていうか何ですかこの能力」

神威さんの呆れ声と、私の困惑した声がお風呂場に響く。嘉月さんは得意げに胸を張りながら私の質問に答えた。

「私の能力は千里眼《せんりがん》なんですよ。カラスは視力がいいですからね。そして、千里眼で見えるものを、私は水鏡に映すことができるのです。これまで目的の買い物から素早く帰ってこられたのも、彩梅さんが攫われた時駆けつけられたのも、この能力のおかげです」

「そんな便利な能力、なんで今まで黙ってたんですか」

私が純粋な疑問を口にすると、嘉月さんはぎくりとした顔つきを見せる。

「今まで特に話す場面もなかったからだよな？」

「ええ、ええ、その通り！」

妙ににこやかに言う神威さんの隣で、なぜか嘉月さんはぎこちない笑い方をした。まあ、この二人は置いておいて。

問題は翡翠さんだ。

神社の中に咲き誇る桜を一人で眺めながら、一人杯《さかずき》を傾ける翡翠さんの姿が、やけに瞼の裏に焼き付いて離れなかった。

一旦その日は解散した後、翌日の早朝に再度集まった私たちは、大きい烏姿の嘉月さんの背に乗り、『ある物』を持って青宝神社へ向かった。

私はギュッと嘉月さんの背中にしがみつき、尾道の街を上空から恐々と見下ろす。

吉と出るか、凶と出るか。これで駄目だったらどうしようと思いながら無言でしがみついているうに、私たちは青宝神社の上空に着いた。

「こんな朝早くから、何。鳥居はちゃんとくぐらなきゃ駄目だよ」

地面に降り立とうとする私たちの前に、人間姿の翡翠さんが真顔で進み出てきた。空中に向かって手を掲げた翡翠さんに、神威さんは手に持っていた『ある物』を差し出す。

「翡翠、もう一度チャンスをくれ」

「プリンと、鍋……？　何事？　それに、その口の利き方は何」

翡翠さんが怪訝そうな顔をしてぴしゃりと言う。取り付く島もない、そんな口調だった。

「俺はお前が神様だからといって、今までの対応を変える気は全くない。……俺は翡翠の正体に気付いていた。それでも問い詰めなかったのは、この心地よい状態を壊したくなかったからだ」

「やっぱり、気付いてたんだ」

翡翠さんが呟く。境内に降り立ち、神威さんはこんな状況なのに口角を片方上げて笑みをこぼした。

「違う、違うぞ。本当は、気付いてほしかったんだろう。お前は詰めがとことん甘かった。そもそも正体がバレたくなかったら、なぜこの前、狐の子を招き入れた。なぜ、雨童の屋敷に行った時、単独であの使い魔たちを突破できた。……そして、どうして雨童が昔食べたかったものが分かった？　餡を作ろうと言ったのは翡翠、お前だ。雨童が懸想《けそう》していた男は、初代の人神だろう。お前は一部始終を知っていたはずだ」

雨童の座敷、と言われて私は思い出した。

確かにあの時、神威さんは一人で厨房にいて、私としばらく話した後に翡翠さんが突然飛び込んできた。二人が一緒に来たのなら、あのタイムラグは生じないはずだ。

翡翠さんは説明してくれた。『使い魔は神に反抗できない』と。

神威さん無しで翡翠さんが堂々と屋敷に入り込めたのは、彼も神様だったからだ。本物のあやかしの嘉月さんは、『やっと入れてもらえた』と随分遅れて合流したのに。

そしてあの時翡翠さんは、あまりにも都合良くずんだ餡を持っていた。雨童の想い人が初代の人神さまだったのは想定外だけど、そういえば雨童が初めて『客』として来たのは二代目人神の時だったと聞いた。

であれば、初代の時にはなぜ客として来なかったのか。それは初代人神との『思い出』

そのものが雨童の『思い出のメニュー』に関わっているからだと、今なら分かる。

でもそれを全部、翡翠さんは最初から知っていたのだ。

「俺は翡翠がどんな存在でも、そばにいてほしかった。言っただろ、『嘘つきでも構わない』って。……だから」

神威さんがぐっと言葉を呑み込み、翡翠さんにずいと詰め寄る。翡翠さんは神威さんの勢いに押されたように、一歩よろりと後ろへ退いた。

「一緒に鍋、食べないか。お前の言う、『同じ鍋の飯』だ」

そう語り掛ける神威さんに対して、翡翠さんは黙ったまま何も答えずに俯いている。その顔を窺い見ることはできず、私と、小さなカラス姿に戻った嘉月さんは、二人を見守るしかなかった。

「俺はこれまであの店で、人に、あやかしに、料理を作っていて思ったんだ。相手の好きなものを聞くのは、思い出の味を知るのは、相手を知るってことだ。俺はお前の食べたいものが、お前のことが知りたい。もう俺には何の力もないけれど」

神威さんの言葉に翡翠さんはまだ答えない。神威さんはしばらく佇み、ため息をついて、差し出していた手を下ろした。それでも動かない翡翠さんに、神威さんが後ろにゆっくりと下がる。境内の敷石と彼の靴が擦れて、ザリッという音が響いた。

その音に釣られたように、翡翠さんがぴくりと顔を上げて呟く。

「ねえそれ、本気で言っているの？　ここに戻ってこようだなんて正気？　せっかく、先代たちがあれほどまで切望した自由が手に入るのに。この地に縛られる理由はなくなるのに。みんなを苦しめた『呪い』からやっと抜け出せるんだよ？」

呪い。人神としてこの地を守らねばならない約束。この地に留まり、迷える人やあやかしを助けなければならず。そして人神の力を使ったとしても、自分が作ったその『思い出のメニュー』が正解なのか間違いなのか、日々迷いながら向き合わねばならない。

思い出は複雑で、時にすんなりと答えが出てこない場合もある。あの雨童の一件のように。責任が重く、しかも代わりはいない重要な役目だ。

しかもこの一族に生まれた時から、役目を継ぐことは決まっている。「早く役目を果たして、ここから出ていきたい」と思う人神が出てくるのも、想像に難くない。

でも、神威さんは。

――井の中の蛙、大海を知らず。この諺、後世になって作られた続きがあるのを知ってるか？

昼間に彼と交わした会話が頭の中によぎる。神威さんは少なくとも、そうは思っていないのだ。この地で、この地の人々とあやかしを見守っていきたいと、はっきり私に話してくれたのだから。

その神威さんはため息をつきながら、翡翠さんをまっすぐ見据えた。

「その『みんな』ってのは何だ、俺自身の意思はどうなる。俺が幸せなのか不幸なのかは、俺だけが決められるもんだ。俺の幸不幸を、お前が勝手に決めるんじゃない」

そう言って神威さんがしかめっ面で翡翠さんを睨む。対する翡翠さんも、腕組みをしたまま神威さんを睨み返し——次の瞬間、私たち三人はいつの間にか青宝神社の鳥居の外にいた。

もう一度鳥居を潜ろうと足を踏み出すが、一瞬入れたように思えても、気が付くと身体が反転して、踏み出したはずの足は神社の外側に出ている。まるでメビウスの輪のようだ。

何度か試みた後、私たちはその場に立ち尽くした。

「締め出されてしまいましたね……」

私たちの目の前で、三本足のカラスが困ったように自分の両羽で頭を抱えた。普段見かけるカラスにあるまじき、コミカルな動きがなんだかかわいいけれど、事態はもっと深刻なことに気付く。

「嘉月さん、ひょっとして人間の姿になれないんですか……？」

思えば嘉月さんは、今朝会った時からずっとカラスの姿のままだった。もしかして、と嫌な予感がして私と神威さんは顔を見合わせる。

「私の人間姿は神威さまの力で持っていたようなものですから。この神社が神威さまのものでなくなってから、何時間も経ってしまいましたゆえ」

「悪いな、嘉月」

そう言いながら、ひょいと神威さんが八咫烏を両手ですっぽりと掬い上げ、自分の目の前まで掲げる。

嘉月さんは恭しく頭《こうべ》を垂れ、空中へふわりと浮き立った。

「何をおっしゃいます。たとえあなたの目に私が映らなくなろうとも、あなたは私が認めた主《あるじ》。あなたに去れと言われるまでそばに控えております」

「頼もしいな。……そうだな、俺の目に嘉月たちが見えなくなるのも困る」

考え込むように、言葉を切って神威さんが青宝神社の鳥居をじっと見上げる。そして一度大きく息を吐き、私と嘉月さんの方を振り向いてニヤリと笑った。

「――こうなれば、強硬手段だ。手伝ってくれ」

その目は悪戯っぽく輝いていた。私はカラス姿の嘉月さんと目配せをして、「もちろんです」と頷いた。

神威さんの言う『強硬手段』。それはアルミホイルおむすびだった。

「ところで、何でアルミホイルなんですか？」

私の家に一旦戻り、握ったおむすびたちを携えて再び青宝神社へ向かう道中、私はそう聞いてみる。

「おむすびはアルミホイルで包むと長持ちするし、時間が経っても美味《うま》い」

神威さんいわく、おむすびはラップで包むよりアルミホイルで包んでしばらく置いた方が、お米がふっくらつやつやといい感じにしっとりしてくるんだそうだ。確かにそれは美味しそう。

「多分翡翠は、まだ俺たちを入れてくれないだろうからな」

鳥居の前に着くなり、そう言いながら神威さんが、先ほど握ったアルミホイルおむすびを紙皿の上に載せて鳥居のたもとに置く。

丁寧に銀色の包みに抱かれたおむすびは、二つ。それぞれ中の味が違う。

一つはシンプルな塩むすび。もう一つは、グリルで蒸し焼きにした甘塩鮭を、めんつゆと絡めた天かすと炒った白ごまと合わせて米に混ぜ込んだおむすびだ。

二つのおむすびを見ながら、私の喉が人知れずごくりと鳴る。

オーソドックスな塩むすびはお米の自然な甘さが引き立てられて間違いなく美味しいのが想像できるし、焼鮭と天かすのおむすびは天かすのサクサクした食感とコクが焼鮭にマッチして、こちらも美味に違いない。

「よし、行くぞ」

「神威さま、どこへ」

あっさりと引き下がり、上ってきた階段を下り始めた神威さん。嘉月さんが慌てたようにバタバタと羽を羽ばたかせながら、そんな彼の前に進み出た。

「ちょっとその辺まで」

「はあ……」

　私と嘉月さんは顔を見合わせつつ、彼の行動に付き従う。黙々と私たちがついて行くと、神威さんはある程度神社から離れたところで立ち止まった。

「食べ物だけならせめて、受け取ってくれるんじゃないかと思ったんだ。俺たちが持っていった尾道プリン、今戻ってきた時に確認したら無くなっていたからな」

「それって」

「ああ、レモンソースが付いているやつだ」

　私の言葉に神威さんが大きく頷く。

　私たちが翡翠さんに、と買ったプリンだ。神社から締め出されてしまった後、神威さんはそれを鳥居の下に置いていったのだ。

「……俺にできることを、今は少しずつやっていくしかないから」

　帰ろう、と言いながら神威さんがまた歩き出す。私と嘉月さんも黙って頷き、彼の後を追った。

　それから、昼、夕方、朝、昼と神威さんのおむすびの差し入れは続き——。

水とコクのあるきび砂糖と、醤油だけで煮つけたアナゴ。それを細かく刻んで、煮汁とシソの葉と一緒ににぎった『あなごむすび』だとか。

天かすと青のり、めんつゆ、しらす干しと小エビ干しを加えて混ぜたおむすびだとか。

果てはシラスとゴマの醤油焼きおむすび。尾道のカリカリの梅ちりめんをさっくり混ぜたおむすびに、広島菜のちりめん、尾道のしそ昆布を中に入れ込んだおむすび……。

そうして神威さんが多彩なおむすびを作り、青宝神社に持っていくたび、前の時間帯に置いていったものは無くなっていた。

神威さんは少し微笑みつつ、毎回新しいおむすびを、返事の来ない相手に届くよう置き続けていったのだった。

そしてついに、私たちが青宝神社から締め出されて二日目の夕方。

神威さんと私、嘉月さんが例によっておむすびを置きに来た、その時だ。

「ちょっと、おむすび道端に毎食置いていかないでよ。いい加減迷惑なんだけど」

鳥居の前に神威さんがおむすびを置くと、私たちの背後から声が飛んできた。

「翡翠」

後ろを振り返ると、そこには人間の着物姿の翡翠さんがいて。神威さんが呼びかけると、
彼はむすっとした顔で言葉を続けた。

「食べ物、道に置いてっちゃダメでしょ」

「お前ならそう言うと思って。食べ物は粗末にしない『シュミ』だろ？」

翡翠さんの非難めいた声色に神威さんが間髪容れずに答えを返すと、翡翠さんの眉間の皺がますます深まった。そしてそのままむっつりと口を閉じた翡翠さんに、神威さんが言葉を重ねる。

「おむすび、食べたよ。……すっごく美味しくなかった」

「食べたか？」

翡翠さんが口角を片方上げて、皮肉な笑みを見せる。

『美味しくなかった』。その言葉の衝撃に、翡翠さんと対峙する私たち二人と一羽は、その場に硬直した。

そんな私たちを見回して、翡翠さんはぽつりと言葉を追加して、手に持っているものを差し出す。それは、『アルミホイル』に包まれた『何か』だった。

「……昔、神威に教えてもらった通りに自分で作ってみたけど、すっごく不味《まず》かった。やっぱり僕には、ご飯ものの調理ができない」

翡翠さんの手の上には、アルミホイルに包まれたおむすびが三つ載っていたのだった。

翡翠さんが何かを言う前に、神威さんが無言でおむすびを一つ彼の手から掠め取る。慌てた顔で手を伸ばしてくる翡翠さんに構わず、神威さんは一口ぱくりとおにぎりを口にした。

「いや、美味《うま》いけど？」

「え……？」

うん、と頷きながらおむすびを平らげる神威さんを前に、翡翠さんが絶句した様子で固まった。私は動かなくなった翡翠さんの手のひらからおむすびを二つ取り、一つはアルミホイルを剥いて嘉月さんへ差し出し、もう一つは自分で齧ってみる。

空気をたっぷり含み、ご飯粒が口の中でホロッと崩れるくらいのふんわり感。それはお米の持つ優しい甘さが少しの塩によって引き立てられた、美味しい塩むすびで。

「凄く美味しいですよ。どこが不味いのか分かりません」

「ええ。どこが不味いのか分かりません」

私の言葉に、嘉月さんが羽をパタパタさせながら援護射撃。翡翠さんは目を丸くして、黙ったまま私たちと、私たちの持つおむすびの間で視線を彷徨《さまよ》わせる。

「なあ、翡翠。改めて聞かせてくれないか。お前が本当に欲しいものは、食べたいものは、何だ？」

神威さんの改めての問いに、視線をゆらりと揺らしながら、翡翠さんが薄く唇を開いた。

この前にべもなく私たちを追い出した時とは、明らかに様子が違う。神威さん、私と嘉月さん、そして私たちが持つおむすびへと視線を何往復もさせながら、翡翠さんは逡巡《しゅんじゅん》するように顔をしかめる。

私たちは翡翠さんの言葉を、固唾を呑んで待った。

「……鍋。鍋が、食べたい。魚介を沢山入れて、出汁を魚でとって、輪切りのレモンずらっと並べたやつ」

翡翠さんが絞り出すように言った掠れ声に、私たちは顔を見合わせる。口元を綻ばせ始めた神威さんに気づいた翡翠さんは、神威さんを睨んで早口で言った。

「これ以上、僕の神社の前に何回も食べ物放置されちゃ困るってだけだからね。もうお望み通り言ったんだから、置かないでよ」

「分かった分かった」

笑みを微かに含んだ声色で神威さんがそう返す。私は嘉月さんと顔を見合わせ、心底ほっと胸をなで下ろした。


それから私たちは、翡翠さんが言う通りの鍋を目指して、街へと食材を買い出しに行った。

具材を揃え、神社に戻る頃にはもう日は暮れていた。

「……『黄昏時に、通りゃんせ』」

レストランへ向かう竹林の道の中、前を歩く翡翠さんの背中を見つめながら、私はもはや懐かしいあのまじないを、一人静かに口の中で唱えてみる。

その途端、翡翠さんが歩きながら悪戯っぽい顔で、顔だけこちらにくるりと向けた。

「彩梅ちゃん、そのまじないが効くのは本来の姿が別にあるモノだけだよ。僕はこっちの人間の姿も、あの猫又の姿も、どっちも本来のものだから効かないんだ」

「どっちも、本来……ですか？」

「そうだよ。もとは猫だけど、僕は始まりの神獣だから。僕には九つどころじゃなく、いくつも命があった。猫又になり、神様として人の姿で動くことも多くなって、いつしかどっちも僕の本来の姿になったのさ。なんせ、遠い遠い昔のお話だからね」

遠い遠い、昔のお話。そういえば聞いたことがある。

『猫は九つ命を持っている』という説があって、そこから『猫に九生有り』という諺が生まれたと。そして、猫又は猫が長い長い間生きたことにより、なった姿だと……。

そうして長い時に思いを馳せているうちに、私たちはあの馴染み深い洋館に着く。翡翠さんがゆっくりと扉を開き、私たちを手招きした。

「行こう」

いつの間にか隣に立ち、私の腕を引く神威さん。私は彼の言葉に大きく頷いて、レストランの中へ足を踏み出した。

「おお、壮観……！」

私は思わず小さな歓声を上げた。

みんなで手分けしながら厨房で作った鍋。それを、レストランの丸テーブルへ運んで蓋をパカリと開けると、そこに広がるのはぐつぐつと湯気を揺らめかせる甘酸っぱいレモンの香りだ。

びっしりと敷き詰められた薄切りレモンたちが彩《いろど》る鍋の、食欲をそそる柑橘の匂いに誘われて、私たちは早速鍋の中身をつついていく。

尾道の生口島《いくちじま》、瀬戸田は国産レモン発祥の地。このレモン鍋は魚介類や野菜と、この尾道のレモンをふんだんに使った鍋だ。

出汁は尾道おなじみの鯛のアラがベース。半透明な淡い金色のスープが鍋を満たし、その中に地元の食材がたっぷりと入っている。

「凄い、酸味が爽やか……！」

「これは美味しいですね」

ひとまず鍋の中でひたひたに浸った白菜を一口噛んだ私は、白菜のほどよいシャクっとした触感と共に、口の中にほんのり広がったレモンの酸っぱさ、そして鯛の出汁のコクに身もだえする。その横では、神威さんにふっくらとした鱈《たら》を嘴《くちばし》に突っ込んでもらったカラス姿の嘉月さんが、美味しいと感想をしみじみと述べていた。

そのさらに横から、翡翠さんが「食べづらそう」と嘉月さんの羽を一撫で。たちまち嘉月さんは人間姿になった。

「あれ、翡翠さま、戻して下さるんですか」

きょとんとした顔で言う嘉月さんに、翡翠さんが苦笑しながらお椀と箸を差し出す。

「『翡翠さま』は何か違和感あるから、今まで通りでいいよ。それに、カラスの格好じゃ鍋一緒につつきにくいでしょ」

「……ありがとうございます、翡翠くん」

「ん。よろしい」

満面の笑みでお礼を述べた嘉月さんに、翡翠さんは軽く頷いてから、レモン鍋を覗き込むそぶりを見せる。その耳がうっすらと赤くなっているのを見て、私は口元が緩んでくるのを抑えられなかった。

さわやかな酸味が食欲をそそってくれる地元グルメ。そして、その隣には皆で握ったシンプルな塩むすびがある。揺らめき、立ち上る鍋の湯気の向こう側で、翡翠さんはぽつりと呟いた。

「ねえ、神威。どうしてレストランの外観を先代のままにしたの？」

翡翠さんが顔を上げてまっすぐに神威さんを見る。

私は思い出した。翡翠さんが神威さんの屋敷の前で話してくれた、レストランの外観の話だ。

「別にどんな外観であろうが、やることは変わらない。レストランの外観を考え直すよりも、人やあやかしを救うことの方に必死だった。ただ、それだけだ。お前たちを置いて海外に高飛びしたいだなんて、微塵《みじん》も思ってない」

「……そう」

翡翠さんはふっと眉を下げ、安心したように強張っていた肩を緩める。そして小皿に取った、鍋から拾い上げたばかりの具材を、もの凄い勢いで食べ始めた。

「どうしてだろう、自分で握ったおむすびはあんなに物足りなくて美味しくなかったのに」

ひとしきりかき込んでから一度箸を置いて、呟く翡翠さん。

「俺たちには美味しく感じられたけどな」

「……そう。どうしてだろうね」

神威さんの言葉に、翡翠さんは戸惑ったようにうっすらと笑って見せた。そして、おむすびを一つ手に取りながら話を続ける。

「神威たちが置いてったおむすびは、優しくて美味しい味がした。きっとみんなで食材を買ってきて、一つ一つ何度も作ってくれたんだろうなって……。あんな優しい味のおむすびを、こんな時まで作ってくれる君たちのことなら、僕は信じてみたいって思ったんだ」

そう言いながら、翡翠さんは鍋の食材を着実に取っていく。このままでは自分の取り分がなくなるぞ、と他の三人もいそいそと鍋の様子を見ながら器に中身を取っていく。

その最中、ぐすり、と微かなすすりあげるような音がして。

私たちがそちらへ顔を向けると、翡翠さんは静かに涙を流していた。

「……あれ？」

呆然とした顔つきで、翡翠さんは自分の頬を触る。私たちが見ていることに気づくと、彼は着物の袖でぐいと顔を拭い、にっこりと泣き笑いのような表情をする。そして彼は目を伏せながらこう言った。

「やっぱり、『同じ鍋の飯』は美味しいや」

同じ鍋の飯。それは、翡翠さんがよく言っていた『言い間違い』だった。

でも、私には何となく少しだけ、分かるような気がした。もちろん私は翡翠さんじゃないから、想像することしかできないけれど。

だって、鍋は一人では『囲めない』。

一人自分の家に帰って、誰も「ただいま」を聞いてくれる人がいない空間で一人座って食べるご飯は、いつもの何倍も味がしない。それを私は、よく知っている。

本当は、手を伸ばしたかった。一緒にいたいと、言いたかった。

だけど。

「……そうか、僕は怖かったんだ。手を伸ばして、その手を取ってもらえないことが」

翡翠さんの呟いた言葉に、私の心は揺さぶられる。

何度も手を伸ばしかけて。迷惑なんじゃないか、拒まれるんじゃないかという心が邪魔をして、素直に家族に気持ちを伝えられなかった自分。

後悔ばかりして、でも傷つくのが怖くて、踏み出せない自分。

ここに、引っ越してくる前の自分だ。

「よく知っていたはずなのに。本当に欲しいものは、欲しいって言わなきゃ、自分から手を伸ばさなきゃ、伝わらなかったんだ……」

「そうだな。伝えておきたいことは、伝えておかないとな」

翡翠さんの言葉に、神威さんがレモン鍋のあさりを食べながら答える。そんな神威さんを、ふいに翡翠さんがなぜかにやにやと眺め、肩をすくめた。

「時に、言葉はブーメランになるね」

「難しい話はよく分かりませんが。そろそろシメにいきますよ」

翡翠さんたちの会話に首を傾げながら、嘉月さんが白米のおにぎりをいくつかレモン鍋の中に投入する。

「シメは雑炊か、いいな」

「だねえ」

神威さんと翡翠さんも嬉しそうな顔で鍋の中身を眺める。

あっという間に白米が出汁を吸い込み、ぷっくりつやつやのお米が鍋の中でぐつぐつと揺れた。

その様子を見ながら私は、この瞬間を噛み締める。誰かと囲む鍋の温かさ、一緒につつくこの空間。これは確かに、いつかの私が求めていたものなのだと。

求めていたもの。思い出したもの。それが確かにここにある。

このメニューもいつか、私や誰かの『思い出のメニュー』になったりするのかな。そういえば、神様の翡翠さんにとっても『魔法のメニュー』はあったりするのかな……。

「翡翠さんにとって、『魔法のメニュー』ってこれでした？」

レモン風味のさっぱりした雑炊を口に運びながら、私がふとその疑問を口にしてみると。

「……ふふ、どうだろうね。教えてあげないよ」

彼はそう言って、いつもみたいに悪戯っぽい顔で笑ったのだった。

いつからだろう、『呪い』だと言われるようになったのは。

いつからだろう、それが責務になり、重荷となってしまったのは――。

それは、昔々の物語。

尾道に独りぼっちの土地神様がいました。

彼は、この地を守る神の一人。ひとたび神社から出れば、周りには神々たち、あやかし、動物、人間をはじめとした沢山の存在がいることは知っていました。

しかし、彼は『独り』でした。

なぜなら、彼には忘れもしない、十二支の神獣から裏切られた過去があったからです。

裏切られ、後ろ指を差された元神獣の『猫』だった神様。神籍を神々から与えられた彼は、恐縮しながらもこの地を守ろうと懸命に働きました。

多くの力を持ち、いくつもの命を持つその神様は、それでもなお、神籍を与えてくれた神々たちへの引け目と仲間に裏切られたトラウマから、人間の輪にも、神の輪にも、あやかしたちの輪にも手を伸ばせずにいました。

そんな折、尾道を守り、この地を浄化していた宝玉が、異国の皇帝の家来たちに盗まれるという騒動が起きました。尾道の人々、そして神々が駆け付けた頃には、その場に残っていたのは、仲間に裏切られ、取り残された一人の青年だけ。

その青年は誰よりも美しく、誰よりも独りだった男でした。

その『異国の青年』は、罰としてこの地で果てることを神々に乞《こ》い願います。

『未練も会いたい者も家族もない。帰る国もなく、生に執着もない。ここで、宝玉を盗もうとした罰として殺してください』と。

元神獣の『猫』だった神様は思いました。この青年は、まるで自分のようだと。

裏切られ、手を伸ばす相手もおらず。寄る辺《べ》なくたった一人の、寂しい男。

青年の処遇に頭を悩ませる神々たちの前で、元『猫』の神様はこう提案しました。

『死にたいのであれば、生きることは罰にもなりましょう。この青年には罪を償うために、人神としてこの地の人々を守り、宝玉に代わって暗闇で迷うの人々の道しるべとして、私と共に後世まで働いてもらいましょう』と。

それは、最初は建前でした。その神様は、仲間が欲しかったのです。自分と同じ気持ちを持つ仲間が。

恐縮しきるその異国の青年を、自分の神社へ連れて帰った神様は、彼に言いました。

『死にたいなら、その前に僕と試しに一緒に生きてみてよ。それからでも遅くはないでしょう』と。

異国の青年は、その神様の提案に頷きます。そうして二人の間で、契約が成立したのです。

尾道を守る土地神と、彼と共に生きてこの地を守る人神の青年。

青年はかつて、異国の皇帝の料理人の一人でした。王宮に仕え、腕の良い料理人だった彼はしかし、その美貌で王宮の人々の心を惑わすというあらぬ噂と罪を着せられ、遠い遠い国からこの地へと派遣されてしまったのでした。

神様と青年はやがて、そんな青年の腕を活かし、尾道に生きるモノたち、訪ねてくるモノたちの心を浄化する食事処を始めました。

それからしばらくして、二人はある少女と出会います。

少女はあやかしに愛される体質であったために、その身に降りかかってくる災難の数々から、親族中で『不幸を呼ぶ娘』と呼ばれ、忌み嫌われていました。

行く当てもなく、家から追い出されかけていた彼女を、二人は不憫《ふびん》に思って匿《かくま》います。

やがて彼女は徐々に心を開き、いつしか人神と惹かれ合うようになり、二人は夫婦になりました。

かつて仲間に裏切られた神様に、国の仲間に裏切られた異国生まれの人神、そして親族から裏切られた『不幸を呼ぶ娘』。

彼らは『裏切られたことのある』者同士。

彼らは『絆』を誰よりも欲し、だからこそ、この地の人々を浄化していくその役目を嬉しく思っていました。そして何より、この三人の絆を、『家族』を、大事に思っていました。

彼らはこの土地のモノたちを救う食事処を開く傍《かたわ》ら、自分たちもよく一緒に鍋を囲み、団欒《だんらん》の時を過ごしていました。

一人では囲めない料理。自分を受け入れてくれる仲間がいる、「ただいま」と「おかえり」が言える初めての心地よさ。

けれど、そんな幸せを得た三人にも別れは訪れます。どれほど楽しくても、幸せでも、狂おしいほどに大切だと思っても、終わりがいつかは来てしまう。

人には、寿命があったからです。

「君たちが逝ってしまっても、僕たちの絆、縁は決して消えない。生まれ変わってもきっと、また一緒に、いつか鍋を囲もう」

ある春の日、桜が舞い散る境内で。神様は泣きながら、逝く間際の夫婦にそう言いました。

「……神様、俺たちは少しでもそばにいられて幸せだった。また、きっと一緒に鍋を囲もう。もし生まれ変わって、もう一度出会うことができたなら……」

人神はそう言いながら、「でも」と言葉を続けました。

「俺たちはいなくなってしまうけれど、俺たちの絆は、確かにここで結ばれていた。だから、あんたはもう大丈夫だ。きっと手を伸ばせば、いつかまた仲間ができるよ」

神様がその言葉の真意を掴めないうちに夫婦は逝ってしまい、神様はその間際に、そっと誓いました。

「きっと、きっと……またいつか、ここで待ってるから」

夫婦が亡くなった後、残されたのはまだ幼い、初代人神夫婦の息子だけ。

それから神様は、その人神の息子をそっと見守り、育てました。いきなり神様だと言うと怖がられると思い、人間の姿で人間のふりをして育てました。

やがて二代目人神となったその息子は立派な能力を持っていて、自分で式神も作れるようになります。周りには彼を崇《あが》める人、彼に救いを求める人々が増えていきました。

「僕はここにはもう、邪魔かもしれない」

この土地で、あの青年の息子が上手く溶け込み、幸せに過ごせるならと、神様はそっと身を引くことにしました。

自分から身を引いたのには、実は理由が他にもあったことを、神様自身はその時まだ気付いていませんでした。

彼は、尾道の街の人々を、初代人神の子孫たちを、時には猫や人間の姿になって街の人々の中に紛れ込んで、そして時には神様として見守り続けました。

変わっていく風景、変わっていく人々。

時代《とき》は流れ、ヒトは変わり、時間の読み方や暦すらも、色々なモノが変わってゆきました。そのうち人神の中には、一族が代々担い続ける役目を『呪い』と言う者も現れるようになったのです。

神様はその時、やっとうっすらと気づきました。今更、手を伸ばせなくなっている自分に。

最初は、自ら人神の子孫にこの地に馴染んでほしいと思っていたものの、その実は『正体を明かして、拒否されることが怖かった』のです。

自分なんていらないと言われたら？　いつまで経っても老いず死なない自分を、気味悪がられたら？

――お前のせいで、呪いを負い、不幸になったと言われたら？

また独りぼっちになるくらいなら、こうしてひっそりと見守って、思いを馳せるだけでもいい。そう思いながら、神様は懸命に孤独に耐え抜き、尾道に生きるモノたちと人神の一族をずっとずっと守り続けました。

その間……最初の家族、初代の夫婦と交わした約束が、ずっと神様の支えとなっていたのです。

たとえ今は、『独り』でも。

また、またいつか、きっと会える。もう一度、鍋を囲める時が来る。

きっとまた、自分を受け入れてくれる仲間ができるのだと。

『――約束したんだ、ここで待ってるって。一緒に鍋をまた囲もうって……』

今は遠い、昔のお話。これは、最初の約束の、誰も知らない物語。

神様の約束が果たされたのは、それからずっとずっと後の、現在《いま》のお話。

――これで最後だと、これでもう無理だったら諦めよう、なんて思ったりもして、迷ったけれど。

君たちに逢いに行ってみて、よかった。

怖くても、受け入れてもらえるか分からなくても、手を伸ばしてみて、よかった。

僕は行き倒れなんてふざけた真似をしてみたのに。神威も彩梅ちゃんも、二人とも相変わらずお人好しなんだもの。


――おかえり、おかえり、僕の家族。

遠い昔の約束を、守ってくれてありがとう。

帰ってきてくれて、ありがとう。

孤高で一匹狼な人神に、あやかしに愛される『不幸を呼ぶ娘』。

君たちは、前世《むかし》も現在《いま》も、きっと最強の夫婦。


「……え？　今、なんて言いました？」

私は一度手から取り落としかけた布巾を慌ててキャッチしながら、声の主を見返す。視線の先では、白い小袖と紫の袴姿の神威さんが、それはそれは大きなため息をついていた。

「聞こえなかったのなら、もう一度」

神威さんがすっと綺麗な動作で、青宝神社の拝殿の床掃除をしている最中の私へ向かって、身を屈める。彼は私と同じ目線の高さくらいまでしゃがみ込み、私の聞き間違いでなければ同じセリフをもう一度言った。

「俺たちの屋敷で暮らさないか、と提案したんだが」

「ええと……？」

やっぱりさっきと同じセリフだ。一体どういう風の吹き回しなのだろうと動揺しつつ、私は答えを濁《にご》して床を拭く動作を再開する。一度冷静になって、状況を整理せねば。

「ああほらやっぱり混乱してるでしょ、いきなりすぎるんだよ神威は」

そう言いながら、神威さんとお揃いの格好をした人間姿の翡翠さんが、神威さんの隣でぼやく。その隣には大きく無言で何度も頷く、人間姿の嘉月さんもいる。

先日、翡翠さんの正体が神様だと分かった後。

神威さんの人神の力が剥奪されたり、神社を追い出されたり、おにぎり作戦に出たり、和解して鍋を作ったり、色んなことがあったけれど。

鍋を囲んでから、私たちは色々な話をした。

神威さんは、私との『外出』の間にした話と自分の気持ち、人神を続けていきたいという願いを翡翠さんに伝えた。翡翠さんはどこか呆然とした面持ちで、それを素直に受け止めていた。

そして全ての話が終わった後、翡翠さんはぽつりと言ったのだ。

「こんな大嘘つきだった僕だけど……君たちさえ良ければ、これまでみたいに一緒に暮らしたい」と。

いつの間にか、ここが心地よい場所になっていたのは皆同じだった。神威さんも嘉月さんも私も、その言葉に大きく頷いた。

そうして私たちは、いつもの日常へと戻ってきたのだ。

でもこの展開は全く予想していなかった。やっぱり前言撤回だ、全然いつもの日常じゃない。

「伝えたいことは、ちゃんと伝えなきゃいけないからね。ねえ、神威？」

そう神威さんの横にしゃがみ込みながら、翡翠さんが悪戯っぽくその綺麗な目を輝かせた。

「何の話だ」

「すっとぼけないでよ。……あのね彩梅ちゃん、僕たちは君のことをずっと前から見守っていたんだよ」

「翡翠、ちょっとおま……！」

翡翠さんが語り始めた途端、神威さんが珍しく焦ったように視線を揺らす。翡翠さんの口を塞ごうとする神威さんと格闘しながら、翡翠さんは笑顔でこう続けた。

「嘉月の水鏡、見たでしょう？　さすがに他の仕事もあるからそう頻繁にとはいかなかったけど……神威は初めて彩梅ちゃんと会った時から心配してて、あれを使ってよく様子を窺ってたんだよね」

嘉月さんの水鏡。千里眼で見える遠くの風景を、水に映して他人にも見えるようにできる能力だ。と、いうことは。そこまで考えて、私の思考は停止した。

「……え？」

「君のそのあやかしを惹きつける体質、ほんとに凄いんだよ。初めて僕たちが会った時から既に要注意レベル。水鏡を通して神威が定期的に遠隔地からお祓《はら》いしてたけど、多分それすらなかったら、もっと君の周りでは色々起こってたと思う」

突然のカミングアウトに、私はぽかんと口を開ける。

自分も知らないうちに、子供の頃からちょくちょく様子見されていたということらしいが、悪いモノを祓い、私を守るためだったというのなら文句も言えない。むしろここは、感謝するところなのだろうか。

「……ありがとうございます……？」

私が言うと、神威さんは苦虫を噛み潰したような顔で口を一文字に引き結んだ。私が目を見ようとしても逸らされてしまう。

「近くにいた方が祓いもしやすいし、生活費だって楽になる。一石二鳥になると思って誘っただけだ」

ためらうように言いながら、神威さんがやっと私の方向を見る。私は改めて正座し直し、自分の目の前にしゃがみ込んでいる三人を見つめた。

『もっと色々起こってたかも』っていう出来事は、私がここにいれば回避できるんですか?」

「もちろん。神社も屋敷も、神の僕と人神の神威がいる神域だもの。雑魚には入らせないから、君の安全は保障される。どう、君にとっても悪い話じゃないでしょう? ここにいて屋敷でも一緒に暮らせれば安全だし、それに何より、楽しいよ」

「……そうですね」

私は翡翠さんの言葉を受け、しばし黙考する。

正直、神社とレストランのアルバイトで人やあやかしを迎えつつ、これから大学に通いつつ、なおかつ一人暮らしというのは大変だから、ここで暮らせるのは助かる。

しかも『もっと色々起きてたかも』なんて言われるほどなら、神威さんたちと一緒にいた方が、どう考えても安全なのは明白だ。これ以上変な目に遭うのはごめんだもの。そう利己的な勘定《かんじょう》も交えつつ、私は素直に頭を下げる。

「……あの、ご迷惑でなければお世話になってもいいでしょうか」

「いいのか?」

自分で言ったくせに、神威さんは目を丸くして驚いている。私はわざと口をへの字にしてため息をついてみせた。

「迷惑なら、大丈夫です。すみません」

「迷惑どころか、労働力が確保できるからこっちとしても助かる。人材探しはもう面倒くさい」

そう言いながら神威さんは立ち上がり、ニヤリと笑う。

「このままここで仕事は続けてもらうからな」

「もちろんです」

私は立ち上がって頷く。

むしろ続けさせて下さい、と声には出さないけれど強く思う。できればこの自分の居場所を、温かい場所を、もう手放したくなかった。

ここにいさせてくれるのであれば、こんなありがたい話はない。それに、坂ばかりのこの街でこの神社に通い詰めるのも地味に骨が折れるので、近場から通えるというのも尚更ありがたい。

「ところで私、気になる噂を聞いたのですが」

いつの間にやら私たちの隣に立っていた嘉月さんが、右手の平を神威さんへ、左手の平を私の方に向けて、少しばかり青ざめた顔で聞いてくる。

「何だ、嘉月」

「どうしたんですか」

私たちの前で嘉月さんはしばらく視線を彷徨わせた後、意を決したように深呼吸を一つ。

「お二人が夫婦だったって、本当ですか？」

「ん？」

「はい？」

唐突な意味の分からない質問に、私と神威さんは固まってぽかんと互いの顔を見合わせた。

「少なくとも俺は、今までの人生で結婚した覚えはないな」

「同じくですね。誰の噂ですかそれは」

「はいちょっと待った」

何の話だと首を傾げる私たちの前で、翡翠さんが嘉月さんに渾身の体当たりをかまし、嘉月さんの体がよろめいた。

「嘉月、ちょっと顔貸してもらおうか」

そう言いながら翡翠さんはずるずると嘉月さんを引っ張っていく。嘉月さんは強張《こわば》った表情のまま、連行されていった。

「何だったんですかね」

「さあ」

心底分からないといった表情で神威さんが肩をすくめる。

向こうの廊下の方で、翡翠さんが嘉月さんに耳打ちしているのが見える。当たり前だけれど何も聞こえない。しばらく見守っていると、上機嫌な様子の翡翠さんと真っ青な顔の嘉月さんが帰ってきた。

「私は認めません。主《あるじ》にはもっといいお方が……！」

帰ってくるなり、嘉月さんは私に向かって苦悶の表情を浮かべつつそう言い放った。だから、一体何の話だというのだろう。

「……翡翠さん、嘉月さんに何言ったんですか」

「ん？　今世で一から始めるのをそばで見守るのも面白いんだから、邪魔するなって言ったの。……ああ、君たちは気にしないで、そのままでいいよ。何か面白いから」

謎めいた言葉についてはそれ以上の説明がないまま、翡翠さんがやれやれと言いながらぐるんと肩を回し、その場で伸びをする。

「さ、今日も仕事仕事。お客様をお出迎えしましょうか」

そう言いながら、翡翠さんはあの茶色の猫又姿になり、軽やかに駆けていく。

その神様の後ろを、私たちは慌てて追いかけて。そうして、桜が咲き誇る境内へとまろび出る。

三月の下旬、春の始まり。新しい生活が、温かい場所が、この先の私を待っている。

どこか懐かしい気持ちで、私は境内の中を眺める。

しばらくして鳥居の向こう側から、翡翠さんが『誰か』を連れてくるのが見えた。

猫の神様の導きは、お客様が訪れる合図。
今日も、神様と人神と八咫烏、そして縁に導かれた少女は客を迎える。
黄昏時に、不思議なレストランを見つけることがあるそうな。
猫の導きに従って、坂道を上り、とある神社へ足を踏み込むと。
――尾道は『猫』の道、海の見える街。

フシギもフシギ、なぜなら店には、
メニュー表もないのだから。

唯一のメニューは【魔法のメニュー】。
『大事な思い出』を探す者は、
そのメニューで『探しもの』を思い出す。
その店の名は、『招き猫』。
忘れたあなたの思い出を、一緒に探しに行く店です。

●謝辞

・尾道 大宝山 千光寺様

・おやつとやまねこ様

・サンモルテ様

掲載のご許諾をいただき、誠にありがとうございました。
この場を借りて、お礼申し上げます。

●付記

作中に登場する『玉の岩』伝説は、実在する千光寺の伝説に脚色を行ったものです。
一部、創作した内容が含まれますので、ご了承ください。

ある日、祖父母に連れていかれた神社で不思議な子供を目撃した高校生の翔平《しょうへい》。その後、彼は祖父から自分の家は一代ごとに神様にお仕えする家系で、目撃した子供は神の一柱だと聞かされる。しかも、次の代である翔平に今日をもって代替わりするつもりなのだとか……驚いて拒否する翔平だけれど、祖父も神様も聞いちゃくれず、まずは火の神である迦具土《かぐつち》の教育係を無理やり任されることに。ところがこの迦具土、色々と問題だらけで——!?

◎各定価：本体640円+税　◎Illustration：伏見おもち

この作品に対する皆様のご意見・ご感想をお待ちしております。

おハガキ・お手紙は以下の宛先にお送りください。

【宛先】

〒150-6008 東京都渋谷区恵比寿4-20-3 恵比寿ｶﾞｰﾃﾞﾝﾌﾟﾚｲｽﾀﾜｰ 8F
（株）アルファポリス　書籍感想係

メールフォームでのご意見・ご感想は右のＱＲコードから、
あるいは以下のワードで検索をかけてください。

アルファポリス　書籍の感想　検索

ご感想はこちらから

アルファポリス文庫

尾道《おのみち》　神様《かみさま》の隠《かく》れ家《が》レストラン
～失《な》くした思《おも》い出《で》、料理《りょうり》で見《み》つけます～

瀬橋ゆか（せはし ゆか）

2021年 1月31日初版発行

編集ー本永大輝・篠木歩
編集長ー太田鉄平
発行者ー梶本雄介
発行所ー株式会社アルファポリス
〒150-6008東京都渋谷区恵比寿4-20-3恵比寿ｶﾞｰﾃﾞﾝﾌﾟﾚｲｽﾀﾜｰ8F
TEL 03-6277-1601（営業） 03-6277-1602（編集）
URL https://www.alphapolis.co.jp/
発売元ー株式会社星雲社（共同出版社・流通責任出版社）
〒112-0005東京都文京区水道1-3-30
TEL 03-3868-3275
装丁イラストーショウイチ
装丁デザインーAFTERGLOW
印刷ー中央精版印刷株式会社

価格はカバーに表示されてあります。

落丁乱丁の場合はアルファポリスまでご連絡ください。

送料は小社負担でお取り替えします。


ISBN978-4-434-28250-8 C0193